HEYNE
BÜCHER

SCIENCE FICTION

Herausgegeben
von Dr. Herbert W. Franke
und Wolfgang Jeschke

Vom gleichen Autor erschienen außerdem
als Heyne-Taschenbücher

Weltraummollusken erobern die Erde · Band 3043
Ein Doppelleben im Kosmos · Band 3049
Bewohner der Milchstraße · Band 3054
Rovolte auf Luna · Band 3132
Ein Mann in einer fremden Welt · Band 3170
Die Straße des Ruhms · Band 3179
Farmer im All · Band 3184
Die Entführung in die Zukunft · Band 3229
Unternehmen Alptraum · Band 3251
Utopia 2300 · Band 3262
Der Mann, der den Mond verkaufte · Band 3270
Welten · Band 3277
Nächste Station: Morgen · Band 3285
Abenteuer im Sternenreich · Band 3336
Das geschenkte Leben · Band 3358
Reise in die Zukunft · Band 3535

ROBERT A. HEINLEIN

DIE SECHSTE KOLONNE

Science Fiction-Roman

Neuauflage

WILHELM HEYNE VERLAG
MÜNCHEN

HEYNE-BUCH Nr. 3243
im Wilhelm Heyne Verlag, München

Titel der amerikanischen Originalausgabe
THE DAY AFTER TOMORROW
Deutsche Übersetzung Thomas Schlück

3. Auflage
Redaktion: Wolfgang Jeschke

Printed in Germany 1979
Umschlagbild: Karel Thole
Umschlaggestaltung: Atelier Heinrichs, München
Gesamtherstellung: Mohndruck Reinhard Mohn GmbH, Gütersloh

ISBN 3-453-30124-2

1

»Was zum Teufel geht hier vor?« fragte Whitey Ardmore.

Man ignorierte seine Frage, wie man auch schon seine Ankunft ignoriert hatte. Der Mann am Fernsehempfänger sagte: »Ruhig – wir hören zu!« Und er drehte den Ton lauter. Die Stimme des Ansagers dröhnte: ». . . Washington völlig vernichtet, ehe die Regierung fliehen konnte. Nachdem nun auch Manhattan in Schutt und Asche liegt, bleibt kein . . .«

Mit einem Klicken wurde der Empfänger abgestellt. »Das wär's also«, sagte der Mann daneben. »Mit den Vereinigten Staaten ist es aus.« Dann fügte er hinzu: »Hat jemand eine Zigarette?«

Als er ohne Antwort blieb, drängte er sich aus dem kleinen Kreis, der sich um das Fernsehgerät geschart hatte, und durchsuchte die Taschen von etwa zwölf Männern, die an einem Tisch zusammengesunken waren. Da die Totenstarre bereits eingesetzt hatte, war das keine leichte Aufgabe, aber er brachte schließlich eine halbleere Packung zum Vorschein, der er eine Zigarette entnahm.

»Ich verlange eine Antwort!« befahl Ardmore. »Was ist hier passiert?«

Der Mann mit der Zigarette schien ihn jetzt erst wahrzunehmen. »Wer sind Sie denn?«

»Major Ardmore, Geheimdienst. Und wer sind *Sie*?«

»Colonel Calhoun, Forschung.«

»Gut, Colonel – ich habe eine dringende Nachricht für Ihren befehlshabenden Offizier. Würden Sie ihn bitte von meiner Ankunft unterrichten und dafür sorgen, daß ich vorgelassen werde?« Er vermochte seinen Ärger kaum noch zu verbergen.

Calhoun schüttelte den Kopf. »Nicht möglich. Er ist tot.«

»Wie bitte?«

»Wie ich gesagt habe – er ist tot. Alle sind tot – alle anderen. Mein lieber Major, Sie sehen sich in diesem Augenblick der Restbesatzung der Zitadelle gegenüber – vielleicht sollte ich eher sagen: des Katastrophen-Forschungslabors, Abteilung Verteidigung. Immerhin ist dies ja eine offizielle Meldung.« Er lächelte mit der Hälfte seines Gesichts, während er mit einem Blick die Handvoll Männer in dem Raum umfaßte.

Ardmore begriff die Meldung nicht sofort und fragte: »Die Pan Asiaten?«

»Nein. Nein, nicht die PanAsiaten. Soweit ich weiß, hat der Feind von der Existenz der Zitadelle keine Ahnung. Nein, wir haben das selbst fertiggebracht – bei einem Versuch, der leider zu gut lief. Dr. Ledbetter versuchte festzustellen, ob . . .«

»Darauf brauchen wir jetzt nicht einzugehen, Colonel. Auf wen geht das Kommando über? Ich muß meine Befehle ausführen.«

»Kommando? Das militärische Kommando? Guter Gott, Mann – wir hatten noch keine Zeit, darüber nachzudenken! Moment mal!« Er ließ den Blick durch den Raum wandern und zählte die Anwesenden. »Hmm – soweit ich sehen kann, bin ich der Ranghöchste – und wir sind alle hier. Damit wäre ich wohl kommandierender Offizier.«

»Sind denn keine Stabsoffiziere anwesend?«

»Nein – wir sind ausnahmslos für Sonderaufgaben abkommandiert. Machen Sie also Ihre Meldung.«

Ardmore betrachtete die sechs Männer in dem Raum. Sie verfolgten das Gespräch mit apathischem Interesse. Wie sollte er bei der veränderten Situation seine Nachricht formulieren? Wenn er sie nun überhaupt nicht weitergab . . .

»Ich hatte die Anordnung«, sagte er, »Ihren General zu informieren, daß er von der Befehlsabhängigkeit von seinen Vorgesetzten entbunden sei. Er sollte für sich operieren und den Kampf gegen die Invasoren nach eigenem Gutdünken fortführen. Sie sehen«, fuhr er fort, »als ich Washington vor zwölf Stunden verließ, wußten wir, daß nichts mehr zu retten war. Die Konzentration wissenschaftlicher Kapazitäten hier in der Zitadelle war der einzige übriggebliebene militärische Aktivposten . . .«

Calhoun nickte. »Ich verstehe. Eine nicht mehr bestehende Regierung schickt Befehle an ein nicht mehr arbeitendes Labor. Null plus Null ist aber immer noch Null. Es ist alles sehr komisch.«

»Colonel?«

»Ja?«

»Das sind jetzt *Ihre* Befehle. Was wollen Sie nun tun?«

»Was ich tun will? Was können wir denn tun? Sechs Männer gegen vierhundert Millionen! Eigentlich«, fügte er hinzu, »müßte ich ja wohl jedem eine Entlassung aus der Armee der Vereinigten Staaten schreiben und ihm den Abschiedskuß geben – damit wäre der militärischen Bürokratie Genüge getan. Allerdings wüßte ich nicht, was ich dann machen soll – vielleicht müßte ich Harakiri begehen. Sie scheinen die Lage nicht zu begreifen. Wir sind alles, was von den Vereinigten Staaten noch übriggeblieben ist. Und wir sind übriggeblieben, weil uns die PanAsiaten nicht gefunden haben.«

Ardmore fuhr sich mit der Zunge über die Lippen. »Anscheinend habe ich den Befehl nicht klar genug weitergegeben. Es geht darum, den Kampf gegen die Invasoren fortzuführen!«

»Womit denn?«

Ehe er antwortete, versuchte er Calhoun abzuschätzen. »Eigentlich fällt das tatsächlich nicht in Ihren Bereich. In Anbetracht der veränderten Situation übernehme ich hiermit in Übereinstimmung mit den Kriegsartikeln als ranghöchster Stabsoffizier das Kommando über diesen Trupp der Armee der Vereinigten Staaten!«

Auf diese Feststellung herrschte zwanzig Herzschläge lang Schweigen. Endlich erhob sich Calhoun und deutete ein Straffen der Schultern an. »Sie haben völlig recht, Sir. Wie lauten Ihre Befehle?«

Ja, wie lauten deine Befehle? fragte sich Ardmore. Da hatte er sich auf etwas Hübsches eingelassen. Calhoun hatte recht mit seiner Frage: »Womit denn?« – doch er konnte nicht tatenlos zusehen, wie sich eine starke militärische Ordnung einfach auflöste.

Du mußt ihnen etwas sagen, und zwar etwas Handfestes. Handfest genug, damit die Leute zunächst zusammenbleiben, bis du dir etwas Besseres ausgedacht hast. Versuch, Zeit zu schinden, Junge! »Ich glaube, wir sollten uns zuerst mit der neuen Lage vertraut machen. Colonel, hätten Sie bitte die Freundlichkeit, die verbliebene Besatzung zusammenkommen zu lassen – sagen wir dort drüben am großen Tisch? Das wäre sehr zweckmäßig.«

»Natürlich, Sir.« Die anderen, die den Befehl gehört hatten, näherten sich dem Tisch. »Graham. Und Sie – wie heißen Sie doch noch –, Thomas, nicht wahr? Sie beide bringen Captain MacAllister woanders hin. Legen Sie ihn erstmal auf den Flur.«

Das Durcheinander, das beim Hinaustragen der Leiche entstand, ehe sich die Überlebenden dann am Tisch versammelten, klärte die Atmosphäre des Unwirklichen, die über der Szene gelegen hatte. Ardmore fühlte sich schon sicherer, als er sich jetzt an Calhoun wandte. »Am besten stellen Sie mich den Anwesenden vor. Ich will wissen, was sie machen und wer sie sind – nicht nur ihre Namen.«

Es war ein verlorener Haufen. Er hatte erwartet, hier in diesem Versteck unter den Rocky Mountains die bedeutendste Gruppe von Wissenschaftlern vorzufinden, die jemals zusammengestellt worden war. Trotz der Kapitulation der regulären Streitkräfte der Vereinigten Staaten bestand durchaus noch die Chance, daß die zweihundert wissenschaftlichen Kapazitäten in einem Versteck, von dessen Existenz der Feind keine Ahnung hatte und das überdies mit den modernsten Forschungseinrichtungen ausgestattet war, eine Waffe entwickelten, mit der die PanAsiaten schließlich wieder vertrieben werden konnten.

Aus diesem Grunde hatte er dem kommandierenden General mitteilen sollen, daß er jetzt selbständig handeln mußte und keiner höheren Stelle mehr verantwortlich war. Aber was konnte ein halbes Dutzend Männer ausrichten?

Da war zunächst der Mathematiker Dr. Lowell Calhoun, den die Wirren des Krieges von seiner Universität geholt hatten und der sich jetzt Colonel nannte. Dann der Biologe und Biochemiker Dr. Randall Brooks, Major im Sondereinsatz. Ardmore gefiel dieser Mann; er war ruhig und zurückhaltend und vermittelte den Eindruck von Charakterstärke, die einem mehr extrovertierten Mann überlegen war. Man konnte sich auf den Rat dieses Mannes sicher verlassen.

Ardmore bezeichnete Robert Wilkie für sich als »Jüngelchen«. Er wirkte sehr jung und bewegte sich mit der Ungeschicktheit eines Collie-Hundes. Wie es sich herausstellte, war er Fachmann für Strahlungen und verwandte physikalische Gebiete, die über das Verständnis eines Laien hinausgingen. Ardmore hatte nicht den geringsten Anhaltspunkt, ob dieser junge Mann etwas konnte oder nicht. Vielleicht war er sogar ein Genie; jedenfalls sprach sein Äußeres nicht gerade dafür.

Damit war die Liste der Wissenschaftler bereits erschöpft. Die anderen drei kamen aus der regulären Armee. Hermann Scheer, Sergeant im technischen Dienst. Er war nacheinander Mechaniker, Graveur und Werkzeugmacher gewesen. Als er eingezogen wurde, stellte er Präzisionsinstrumente für die Edison-Trust-Laboratorien her. Seine Erscheinung belegte diese Angaben; das zerfurchte Gesicht brachte Ardmore zu der Überzeugung, daß sich dieser Mann zu helfen wußte, wenn es brenzlig wurde.

Übrig blieb Edward Graham, Gefreiter und Offizierskoch. Der totale Krieg hatte ihn von seiner Tätigkeit als Künstler und Innenarchitekt auf sein anderes großes Talent gebracht – das Kochen. Er sah eigentlich nicht wie ein Koch aus, überlegte Ardmore.

Der letzte war Grahams Helfer Jeff Thomas, ein Soldat, der keinen besonderen Hintergrund vorzuweisen hatte. »Er ist uns eines Tages hier hereingeplatzt«, erklärte Calhoun. »Wir haben ihn hierbehalten, um die Geheimhaltung nicht zu verletzen.«

Die Vorstellung der Männer dauerte einige Minuten, die Ardmore zugleich dazu benutzte, sich seine nächsten Worte zurechtzulegen.

Er wußte, was er erreichen wollte – er mußte versuchen, die Moral dieser entmutigten Truppe wieder herzustellen, auch wenn er dabei nur einige der alten Schlagworte wieder aufwärmte, von denen der Mensch nun einmal lebt. Er glaubte an Schlagworte – nicht zuletzt war er von Berufs wegen Werbefachmann und nur umständehalber Soldat. Allerdings war es wohl am besten, wenn er den Männer diesen Umstand zunächst verschwieg.

Thomas war der letzte, und Calhoun beendete seine Vorstellungen. Jetzt kommt deine Chance, Junge, paß auf!

»Wir müssen die uns gestellten Aufgaben aus eigener Initiative heraus weiter erfüllen – auf zunächst ungewisse Zeit. Ich möchte Sie daran erinnern, daß unsere Verpflichtung sich nicht in unseren vorgesetzten Offizieren manifestiert, die in Washington umgekommen sind, sondern in den Menschen dieses Landes und in ihrer Verfassung. Diese Verfassung ist nicht in Gefangenschaft geraten oder vernichtet – das ist nicht möglich, da sie kein Stück Papier, sondern der Grundvertrag des amerikanischen Volkes ist. Nur das amerikanische Volk kann uns daraus entlassen.«

Lag er richtig? Er war kein Rechtsanwalt und wußte es nicht – aber er wußte, daß die Männer einen Glauben brauchten. Er wandte sich an Calhoun. »Colonel Calhoun, würden Sie mich jetzt bitte als kommandierenden Offizier dieser Abteilung der Armee der Vereinigten Staaten vereidigen?« Dann fügte er hinzu, als sei ihm das eben erst eingefallen: »Ich glaube, es wäre gut, wenn wir alle unseren Schwur bei dieser Gelegenheit erneuerten.«

Die Stimmen hallten im Chor durch den fast leeren Raum. ». . . schwöre ich hiermit feierlich – den Pflichten meiner Berufung nachzukommen und die Verfassung der Vereinigten Staaten zu ehren und zu verteidigen – gegen alle inneren und äußeren Feinde – so wahr mir Gott helfe!«

»Colonel Calhoun, Sie sind natürlich ab sofort Leiter der Forschungsgruppe. Sie sind außerdem stellvertretender Kommandeur, während ich die Pflichten eines befehlshabenden Offiziers wahrnehme, damit Sie sich voll Ihren wissenschaftlichen Studien widmen können. Major Brooks und Captain Wilkie werden Ihnen zugeteilt. Scheer!«

»Ja, Sir?«

»Sie arbeiten für Colonel Calhoun. Wenn er Sie nicht voll beschäftigen kann, weise ich Ihnen später noch andere Aufgaben zu. Graham!«

»Ja, Sir!«

»Sie machen wie bisher weiter. Sie sind auch Sergeant im Speisesaal und Versorgungsoffizier – genaugenommen sind Sie unsere Versorgungskompanie. Sie berichten mir nachher, wie viele Rationen wir haben und wie der Zustand der verderblichen Vorräte ist. Thomas arbeitet für Sie, kann aber von jedem Mitglied der Forschungsgruppe jederzeit abgerufen werden. Dadurch verzögern sich vielleicht die Mahlzeiten, aber das können wir nicht ändern.«

»Jawohl, Sir.«

»Sie und ich und Thomas werden uns sämtliche Arbeiten teilen, die nicht direkt mit der Forschung zu tun haben, und werden den Wissenschaftlern zur Verfügung stehen, wie sie uns brauchen. Das schließt ganz besonders auch mich ein, Colonel«, sagte er betont und wandte sich an Calhoun. »Wenn Sie einen ungeübten Helfer brauchen, wenden Sie sich an mich. Das ist ein Befehl.«

»Wie Sie wünschen, Major.«

»Graham, Sie und Thomas werden möglichst schnell die Toten entfernen – spätestens bis morgen abend. Schaffen Sie sie in einen unbenutzten Raum und versiegeln Sie ihn hermetisch. Scheer soll Ihnen das zeigen.« Er warf einen Blick auf die Uhr. »Zwei Uhr. Wann haben Sie zu Mittag gegessen?«

»Äh . . . wir haben heute noch kein Mittag gehabt.«

»Gut, Graham, dann servieren Sie Kaffee und Sandwiches hier in zwanzig Minuten.«

»Jawohl, Sir. Komm, Jeff.«

Als die beiden verschwunden waren, wandte sich Ardmore wieder an Calhoun. »Inzwischen möchte ich mir gern das Laboratorium ansehen, in dem die Katastrophe angefangen hat. Ich weiß noch immer nicht, was da passiert ist.«

Scheer und die beiden anderen Wissenschaftler zögerten; Ardmore lud sie mit einem Kopfnicken zum Mitkommen ein, und die kleine Gruppe machte sich auf den Weg.

»Sie sagen also, daß gar nichts Besonderes passiert ist – keine Explosion, kein Gasausbruch – und daß sie trotzdem gestorben sind?« Die Männer betrachteten Dr. Ledbetters letzte Versuchsanordnung. Der Körper des Wissenschaftlers lag noch zusammengesunken am Boden. Ardmore riß den Blick davon los und versuchte sich die Bedeutung der aufgebauten Apparate vor Augen zu führen. Das Arrangement sah einfach aus, brachte ihn aber nicht auf vertraute Assoziationen.

»Nein, außer einer kleinen blauen Flamme, die nur einen kurzen Augenblick aufleuchtete, ist nichts Spektakuläres passiert. Ledbetter hatte gerade diesen Hebel umgelegt.« Calhoun deutete darauf, ohne den Griff zu berühren. Er war in Ruhestellung, ein Tastschalter mit Feder. »Mir war plötzlich schwindlig. Als ich wieder klar denken konnte, sah ich, daß Ledbetter zu Boden gesunken war, und ich ging sofort zu ihm, aber da war schon nichts mehr zu machen. Er war tot – und sah völlig unverletzt aus.«

»Mich hat's auch umgehauen«, schaltete sich Wilkie ein. »Ich wäre wahrscheinlich auch draufgegangen, wenn mich nicht Scheer künstlich beatmet hätte.«

»Sie waren auch hier?« fragte Ardmore.

»Nein, ich war im Strahlungslabor drüben auf der anderen Seite. Mein Chef ist dabei umgekommen.«

Ardmore runzelte die Stirn und klappte sich einen Stuhl aus der Wand. Als er sich eben setzen wollte, gab es ein tapsendes Geräusch, und ein kleines graues Etwas huschte über den Boden und zur offenen Tür hinaus. Eine Ratte, dachte er, und kümmerte sich nicht weiter darum. Aber Dr. Brooks starrte dem Tier verblüfft nach und rannte schließlich los. Dabei rief er über die Schulter: »Moment, ich bin gleich zurück!«

»Was ist nur mit ihm los?« fragte Ardmore, ohne mit einer Antwort zu rechnen. Dabei überlegte er, daß der Druck der Ereignisse vielleicht zuviel gewesen war für den zurückhaltenden kleinen Biologen.

Es dauerte kaum eine Minute, bis Dr. Brooks wieder erschien und eine Antwort auf Ardmores Frage lieferte. Schweratmend stand der Biologe in der Tür. »Major Ardmore! Dr. Calhoun!« Er hielt inne und versuchte zu Atem zu kommen. »Meine weißen Mäuse leben noch!«

»Wie bitte? Was soll das?«

»Begreifen Sie nicht – das ist ein äußerst bedeutsamer Umstand – vielleicht die entscheidende Tatsache überhaupt. Sämtliche Tiere im Biologischen Labor sind unverletzt! Verstehen Sie nicht?«

»Ja, aber – oh! Natürlich – die Ratte lebt noch und Ihre Mäuse ebenfalls; dabei sind hier überall Menschen umgekommen!«

»Natürlich!« Der Biologe strahlte Ardmore an.

»Hmm. Eine Kraft, die einige hundert Männer durch Felswände und Metall hindurch tötet, aber Mäusen und ähnlichen Tieren nicht schadet. Ich wüßte von keiner Kraft, die einen Mann umbringt, nicht aber eine Maus.« Er deutete auf den Apparat. »Sieht so aus, als steckt einiges in dem kleinen Ding, Calhoun.«

»Kann man wohl sagen«, stimmte Calhoun zu. »Wenn wir es nur erst bändigen könnten!«

»Haben Sie Zweifel daran, daß wir es schaffen?«

»Nun, wir wissen nicht, worauf der Tötungseffekt zurückzuführen ist und warum wir sechs mit dem Leben davongekommen sind; ebensowenig wissen wir, warum Tiere davon verschont bleiben.«

»Das dürfte also unser Problem sein.« Wieder studierte Ardmore das Rätsel. »Doktor, ich möchte mich nicht von Anfang an in Ihre Arbeit einmischen, aber ich würde es vorziehen, wenn Sie diesen Hebel nicht bewegten, ohne mich davon zu verständigen.« Sein Blick fiel auf Ledbetters Körper und glitt hastig weiter.

Bei Kaffee und Sandwiches versuchte er noch mehr über die Lage herauszubekommen. »Niemand weiß also genau, was Ledbetter im Sinn hatte . . .«

»So könnte man es ausdrücken«, erwiderte Calhoun. »Ich habe ihm bei den mathematischen Dingen geholfen, aber er war ein Genie und ging mit uns kleineren Geistern immer etwas unwirsch um. Wenn Einstein noch am Leben wäre, hätten sich die beiden vielleicht als gleichwertige Gesprächspartner behandelt, aber mit uns diskutierte er nur die Probleme, bei denen er Hilfe brauchte, oder Einzelheiten, deren Behandlung er seinen Assistenten überlassen wollte.«

»Dann wissen Sie wirklich nicht, worauf er es abgesehen hatte?«

»Nun, ja und nein. Sind Sie mit der einheitlichen Feldtheorie bekannt?«

»Himmel, nein!«

»Nun, das macht es etwas schwierig, Major Ardmore. Dr. Ledbetter befaßte sich mit den theoretisch möglichen zusätzlichen Spektren . . .«

»Zusätzliche Spektren?«

»Ja. Wie Sie wissen, betreffen die meisten Fortschritte der Physik in den letzten anderthalb Jahrhunderten das elektromagnetische Spektrum – Lichtstrahlen, Funkstrahlen, Röntgenstrahlen . . .«

»Ja, ja – das weiß ich. Aber was ist damit?«

»Das versuche ich Ihnen ja zu erklären«, erwiderte Calhoun leicht verärgert. »Die einheitliche Feldtheorie sieht das Vorhandensein von mindestens drei weiteren vollständigen Spektren als möglich an. Uns sind drei Arten von Energiefeldern bekannt – elektrische, magnetische und Gravitationsfelder. Licht- und Röntgenstrahlen und dergleichen gehören zum elektromagnetischen Spektrum. Nach der Theorie könnten nun analoge Spektren zwischen den Magnet- und Schwerkraftfeldern, zwischen elektrischen und Schwerkraftfeldern und schließlich ein Dreiphasen-Spektrum bestehen, das die Strahlen von Elektrizität, Magnetismus und Schwerkraft in sich vereint. Wenn es solche Spektren gäbe, wiesen sie sicher Eigenschaften auf, die ebenso bemerkenswert wie die des elektromagnetischen Spektrums und auf jeden Fall anders wären. Aber wir verfügen über keine Instrumente, mit denen wir diese Spektren aufspüren könnten, noch wissen wir bestimmt, daß es sie überhaupt gibt.«

»Wenn ich es recht bedenke«, sagte Ardmore stirnrunzelnd, »kommt mir das Ganze ziemlich sinnlos vor. Ich verstehe zwar nicht viel von von diesen Dingen und möchte Ihnen in Ihre Arbeit nicht hineinreden – aber ich hatte angenommen, daß dieses Laboratorium mit dem einzigen und eindeutigen Ziel eingerichtet wurde, eine militärische Waffe zur Abwehr der Vortexstrahlen und Atombombenraketen der PanAsiaten zu entwickeln. Ich bin ein wenig überrascht, daß Ihr Leiter nach Dingen suchte, deren Existenz er nur vermutete und deren Eigenschaften ihm völlig unbekannt waren. Das erscheint mir recht unvernünftig.«

Calhoun schwieg und lächelte irritierend. Ardmore spürte, wie ihm die Röte ins Gesicht schoß. »Ja, ja«, sagte er hastig. »Ich weiß, daß ich mich irre – was Ledbetter da auch gefunden hat, zweifellos sind zweihundert Menschen daran gestorben. Deshalb ist dieser

Fund eine potentielle militärische Waffe. Aber ganz ehrlich – hat er nicht weitgehend im dunkeln getappt?«

»Nicht ganz«, erwiderte Calhoun jetzt sichtlich eingeschnappt. »Die theoretischen Rückschlüsse auf die Existenz zusätzlicher Spektren lassen mit einiger Wahrscheinlichkeit bereits die Art ihrer Eigenschaften erkennen. Ich weiß, daß sich Ledbetter ursprünglich mit der Schaffung eines Systems von Traktor- und Druckstrahlen befaßt hat – aber in den letzten Wochen schien er sehr erregt zu sein und hat seinen Versuchen sehr schnell eine völlig neue Richtung gegeben. Er sprach kaum über seine Arbeit, und aus seinen Versuchsanordnungen war nicht viel zu ersehen.« Calhoun zog ein dickes Ringbuch aus einer Jackettasche. »Er hat jedoch vollständige Aufzeichnungen über seine Experimente hinterlassen. Wir müßten seine Arbeit eigentlich nachvollziehen und Rückschlüsse auf seine schriftlich fixierten Hypothesen ziehen können.«

Der junge Wilkie, der neben Calhoun saß, beugte sich herüber. »Aber das ist doch eine Strahlenformel . . .«

»Natürlich – oder halten Sie mich für einen Narren?«

»Aber die stimmt doch vorn und hinten nicht!«

»Von Ihrem Standpunkt aus mag das zutreffen, aber Sie können sicher sein, daß Dr. Ledbetter anders darüber dachte.«

Eine Diskussion entbrannte, der Ardmore nicht mehr folgen konnte; erst nach einigen Minuten vermochte er eine Gesprächspause auszunutzen. »Meine Herren! Einen Augenblick bitte. Ich verstehe, daß ich Sie von Ihrer Arbeit abhalte. Wie ich es sehe, besteht also Ihre Aufgabe zunächst darin, Dr. Ledbetter auf dem Weg seiner Überlegungen zu folgen und den Sinn und Zweck und die Funktionsweise dieser Geräte festzustellen, ohne dabei umzukommen. Ich möchte Sie bitten, mich von Zeit zu Zeit auf dem laufenden zu halten.« Er stand auf, und die anderen folgten seinem Beispiel. »Noch etwas.«

»Ja?«

»Mir ist noch etwas eingefallen. Ich weiß nicht, ob es wichtig ist oder nicht. Ich bin nur darauf gekommen, weil ich gesehen habe, für wie bedeutsam Dr. Brooks das Überleben der Ratten und Mäuse hielt.« Er zählte an den Fingern auf. »Zahlreiche Männer sind ums Leben gekommen; Dr. Wilkie ging zu Boden und wäre fast auch gestorben; Dr. Calhoun fühlte sich nur vorübergehend unwohl; die anderen Überlebenden haben offenbar überhaupt nichts gespürt – und merkten auch erst, daß etwas passierte, als ihre Kollegen auf geheimnisvolle Weise starben. Sind das nicht auch Tatsachen, die man berücksichtigen muß?« Er wartete nervös, aus der unbewußten Annahme heraus, daß die Wissenschaftler seine Bemerkungen für dumm und überflüssig halten würden.

Calhoun setzte zu einer Antwort an, aber Dr. Brooks kam ihm zuvor. »Aber natürlich! Warum habe ich selbst nicht daran gedacht! Himmel, ich scheine ja heute völlig durcheinander zu sein. So gesehen, schält sich deutlich ein Gefälle heraus, eine geordnete Beziehung in der Wirkung der unbekannten Kraft.« Er hielt inne, überlegte und sprach fast sofort weiter: »Sie müssen mir die Erlaubnis geben, Herr Major, die Leichen unserer toten Kollegen zu untersuchen, denn wenn ich Unterschiede zwischen Ihnen und den Überlebenden feststelle – und besonders denjenigen, die etwas gespürt haben . . .« Er brach ab und starrte Wilkie abschätzend an.

»Nein, das kommt nicht in Frage!« protestierte Wilkie. »Aus mir machen Sie kein Versuchskaninchen! Nicht, solange ich noch lebe!« Ardmore vermochte nicht zu beurteilen, ob die Furcht des Mannes echt oder gespielt war.

»Sie können die Details selbst ausmachen«, sagte er. »Aber vergessen Sie nicht: Niemand begibt sich in Lebensgefahr, ohne mir vorher Bescheid zu sagen.«

»Haben Sie das gehört, Brooksie?« fragte Wilkie.

An diesem ersten Abend ging Ardmore mehr aus Pflichtgefühl zu Bett; müde war er nicht. Die ihm gestellten Aufgaben hatte er zunächst gelöst; er hatte die Bruchstücke der Organisation der »Zitadelle« aufgesammelt und sie zu notdürftigem Funktionieren wieder zusammengesetzt. Ob das letztlich zu etwas führen würde, darüber machte er sich keine Gedanken. Er hatte dem künftigen Leben der Männer einen Sinn gegeben, und indem er die Führung und die Verantwortung übernahm, hatte er sie in die Lage versetzt, ihre Sorgen auf ihn abzuladen und bis zu einem gewissen Grade ihr emotionelles Gleichgewicht wiederzugewinnen. So blieb es ihnen wahrscheinlich erspart, in einer vom Wahnsinn befallenen Welt verrückt zu werden.

Wie würde diese verrückte neue Welt wohl aussehen – eine Welt, in der die Überlegenheit der westlichen Welt nicht selbstverständlich war? Dabei kam ihm ein neuer Gedanke. Wenn er den militärischen Betrieb fortführen wollte, brauchte er eine Art

Informationsdienst. Er war heute zu beschäftigt gewesen, um daran zu denken, aber er durfte das Problem nicht zu lange aufschieben. Morgen, sagte er sich und machte sich doch weiter Sorgen darüber.

Ein Geheimdienst war nicht minder wichtig als eine neue Geheimwaffe – er war im Grunde sogar wichtiger. Welch fantastische Waffe auch aus Ledbetters Versuchen hervorgehen mochte, sie würde ihnen nichts nützen, wenn sie nicht wußten, wie und wo sie einzusetzen war. Im Laufe ihrer Geschichte hatten die Vereinigten Staaten immer wieder an einem lächerlich unzureichenden Geheimdienst gekrankt. Die mächtigste Nation des Globus war immer wieder wie ein blinder Riese in neue Kriege gestolpert – so auch diesmal. Obwohl das militärische Potential PanAsiens ganz und gar nicht überlegen war, hatten sich die USA überraschen lassen und waren besiegt worden, ohne auch nur eine einzige Atombombe einzusetzen.

Der Geheimdienst hatte das Ergebnis dieses Krieges entscheidend bestimmt, dessen war sich Ardmore sicher.

Okay, Whitey Ardmore, jetzt bist du dran! Du kannst dir jeden Geheimdienst aufbauen, den dein Herz ersehnt – zur Verfügung stehen dir drei kurzsichtige Wissenschaftler, ein älterer Master Sergeant, zwei Küchenrekruten und du selbst . . .

Er stand auf, wünschte sich sehnlich eine Schlaftablette und begnügte sich schließlich mit einem Glas heißen Wasser.

Wenn man nun wirklich eine schlagkräftige neue Waffe fand? Ledbetters Versuchsanordnung zeigte zweifellos gute Ansätze, wenn man das Problem nur bändigen konnte . . . Aber was dann? Ein Mann allein konnte keinen Schlachtkreuzer bedienen. Und sieben Männer konnten nicht gegen ein Imperium anrennen, nicht einmal mit Siebenmeilenstiefeln und Todesstrahlen. Was hatte doch Archimedes einmal gesagt: »Gebt mir einen ausreichenden Hebel und eine Stütze, und ich hebe die Erde aus den Angeln!« Eine Waffe ohne Armee war sinnlos . . .

Er sank in einen leichten Schlummer und träumte, daß er am Ende eines langen Hebels herumzappelte – eines sehr nutzlosen Hebels, der keine Stütze hatte. Eine Zeitlang war er Archimedes in Person, dann stand Archimedes wieder neben ihm und verhöhnte ihn.

2

Ardmore war in den nächsten Tagen viel zu beschäftigt, um sich tiefgreifende Gedanken zu machen. Die Grundlage ihres täglichen Lebens – die Annahme, daß die sieben Männer de facto eine militärische Organisation bildeten, die sich eines Tages vor den Zivilbehörden verantworten mußte – machte es erforderlich, daß er den entsprechenden Regeln weitgehend entsprach oder zumindest so tat; insbesondere den bürokratischen Bestimmungen. Er sagte sich zwar, daß sein Tun im Grund sinnlos war, doch als Werbefachmann war er psychologisch soweit geschult, um intuitiv zu erkennen, daß sich der Mensch nach Symbolen orientiert. Und im Augenblick waren die Symbole des Regierens überaus wichtig.

Also befaßte er sich mit den Richtlinien des ehemaligen Zahlmeisters, schloß sorgsam die Konten der Verstorbenen ab und notierte in jedem Falle die Beträge, die den Hinterbliebenen noch zustanden. Zugleich teilte er kleinere Verwaltungsaufgaben unter den anderen Männern auf und gab ihnen damit indirekt zu verstehen, daß das Althergebrachte seine Bedeutung nicht verloren hatte.

Die Verwaltungsarbeiten wurden bald zuviel für ihn. Er stellte fest, daß Jeff Thomas, der Assistent des Kochs, mit der Schreibmaschine umgehen konnte und sich auch auf das Rechnen verstand, und er holte ihn ins Büro. Das bedeutete eine gewisse Mehrarbeit für Graham, der sich auch beklagte. Aber das war nur gut für ihn. Ardmore wollte, daß sich die Männer seines Kommandos jeden Abend müde zu Bett legten.

Thomas erfüllte auch bald einen anderen Zweck. In seiner exponierten Stellung brauchte Ardmore jemanden, mit dem er sich unterhalten konnte. Thomas erwies sich als intelligent und durchaus verständnisvoll, und mit der Zeit verlor Ardmore viel von seiner Zurückhaltung. Eigentlich ziemte es sich für einen Kommandeur nicht, sich einem einfachen Soldaten derart anzuvertrauen, aber er spürte instinktiv, daß Thomas sein Vertrauen nicht enttäuschen würde – und er brauchte diese nervliche Entlastung.

Calhoun sorgte schließlich dafür, daß Ardmore der Routine den Rücken kehren und sich schwierigeren Dingen zuwenden mußte. Der Wissenschaftler kam zu ihm und bat um Erlaubnis, Ledbetters Apparat zu aktivieren, der nach den augenblicklichen Hypothesen modifiziert worden war. Seiner Bitte fügte er jedoch eine schwierige Frage an:

»Major Ardmore, können Sie in etwa sagen, wie Sie den ›Ledbetter-Effekt‹ zu nutzen gedenken?«

Ardmore wußte darauf keine Antwort und stellte eine Gegenfrage: »Sind Sie denn schon soweit, daß dieses Problem akut wird? Und wenn das der Fall ist – können Sie mir dann schildern, was Sie bisher entdeckt haben?«

»Das wird nicht leicht sein«, erwiderte Calhoun, »da ich mich natürlich nicht in der mathematischen Sprache ausdrücken könnte, die im Grunde die einzige Möglichkeit bietet, solche Dinge zu verdeutlichen . . .«

»Colonel, bitte!« unterbrach ihn Ardmore wütend. »Entweder können Sie einen Menschen damit umbringen oder nicht; entweder können Sie bestimmen, wen Sie umbringen wollen, oder nicht!«

»Das ist leider nicht so einfach«, wandte Calhoun ein. »Wir nehmen jedoch an, daß sich die Wirkung des Versuchs auf eine Richtung beschränken läßt. Aufgrund seiner Ermittlungen vermutet Dr. Brooks eine asymmetrische Beziehung zwischen der Energie und dem organischen Leben, auf das sie angewandt wird – in der Weise, daß ein natürliches Charakteristikum der Lebensform die Wirkung der Kraft bestimmt, ebenso wie die natürlichen Charakteristika der Kraft selbst. Mit anderen Worten – die Wirkung ist eine Funktion sämtlicher Faktoren des Prozesses, einschließlich der betroffenen Lebensform und der ursprünglichen Energie.«

»Langsam, langsam, Colonel. Was bedeutet das vom militärischen Standpunkt aus?«

»Es bedeutet, daß Sie die Waffe auf zwei Männer richten und bestimmen könnten, welcher der beiden umkommen soll – wenn Sie entsprechende Kontrollen haben«, erwiderte Calhoun. »Wenigstens nehmen wir das an. Wilkie hat sich freiwillig als Versuchsperson zur Verfügung gestellt, wobei einige Mäuse das eigentliche Ziel der Waffe sein sollen.«

Ardmore genehmigte den Versuch. Als Calhoun gegangen war, wandten sich seine Gedanken sofort wieder der Frage zu, was er mit der Waffe anfangen sollte – wenn er sie hatte. Und dazu brauchte er Informationen, die er nicht hatte. Verdammt, er mußte dringend einen Informationsdienst in Gang bringen – er mußte wissen, was draußen passierte.

Die Wissenschaftler kamen natürlich nicht in Frage. Und

Scheers technische Talente wurden dringend gebraucht. Graham? Nein, Graham war ein guter Koch, aber nervös und leicht erregbar und emotionell ganz und gar nicht ausgewogen. Blieb nur er selbst. Er hatte eine entsprechende Ausbildung durchgemacht, er mußte gehen.

»Aber das geht nicht, Sir«, wandte Thomas ein.

»Wie?« Er hatte seine Gedanken unbewußt laut ausgesprochen – eine Angewohnheit, die er in Thomas' Anwesenheit angenommen hatte.

»Sie können Ihren Posten hier nicht verlassen, Sir. Das ist nicht nur gegen die Vorschriften, sondern würde auch dazu führen, daß hier alles auseinanderfällt.«

»Warum das? Ich wäre doch sicher in ein paar Tagen zurück.«

»Ja, Sir, vielleicht würde alles ein paar Tage zusammenhalten – obwohl ich mir dessen nicht sicher bin. Wer müßte während Ihrer Abwesenheit das Kommando führen?«

»Colonel Calhoun natürlich.«

»Natürlich.« Thomas verstand es, durch besondere Betonung seiner Worte und ein Anheben der Augenbrauen eine Meinung zu äußern, deren lautes Vorbringen ihm die militärischen Regeln verboten. Ardmore wußte, daß Thomas recht hatte. Außerhalb seines Spezialgebiets war Calhoun ein eingebildeter alter Laffe – das war jedenfalls Ardmores Ansicht. Ardmore hatte bereits einen Streit schlichten müssen, den Calhoun in seiner Arroganz heraufbeschworen hatte. Scheer arbeitete nur für Calhoun, weil Ardmore mit ihm gesprochen und ihn beruhigt hatte.

»Aber Sie können nicht sicher sein, daß Sie in ein paar Tagen schon zurück sind«, beharrte Thomas. »Der Ausflug ist sehr gefährlich. Wenn Sie dabei umkommen, haben wir hier niemanden, der Ihren Posten übernehmen kann.«

»Das stimmt nicht. Kein Mensch ist unersetzlich.«

»Falsche Bescheidenheit ist unangebracht, Sir. Im allgemeinen mag das zutreffen, aber Sie wissen genau, daß die Dinge hier anders liegen. Unsere Zahl ist sehr beschränkt, und Sie sind der einzige, dem alle gehorchen. Vor allem sind Sie der einzige, dem Dr. Calhoun gehorchen wird. Und zwar weil Sie wissen, wie man ihn behandeln muß. Dazu wäre niemand sonst in der Lage, geschweige denn, daß er es fertigbrächte, *uns* richtig zu behandeln.«

»Das ist eine recht freie Äußerung, Thomas.«

Thomas schwieg. Schließlich fuhr Ardmore fort: »Gut, ich

glaube ja auch, daß Sie recht haben. Ich brauche militärische Informationen. Wie soll ich sie mir beschaffen, wenn ich nicht selbst losgehe?«

Thomas antwortete nicht sofort. Schließlich sagte er leise: »*Ich* könnte es ja mal versuchen.«

»Sie?« Ardmore musterte ihn von oben bis unten und fragte sich, warum er Thomas noch nicht in Betracht gezogen hatte. Wahrscheinlich lag es daran, daß der Mann gar nicht den Eindruck machte, eine solche Aufgabe übernehmen zu können. Abgesehen davon war er nur ein einfacher Soldat, und niemand überträgt einem einfachen Soldaten eine Mission, die ein selbständiges Handeln bei Gefahr erfordert. Und doch war er vielleicht . . .

»Sagen Sie, haben Sie schon einmal so etwas gemacht?«

»Nein, aber meine Erfahrungen sind vielleicht besonders gut dafür geeignet.«

»Ja. Scheer hat mir von Ihnen erzählt. Sie waren doch eine Art Tramp, ehe Sie in die Armee kamen, nicht wahr?«

»Nein, kein Tramp«, berichtigte ihn Thomas, »sondern ein Hobo.«

»Entschuldigung – wo liegt denn der Unterschied?«

»Ein Tramp ist ein Parasit, ein Mann, der nicht arbeitet. Ein Hobo ist ein reisender Arbeiter, der seine persönliche Freiheit aller sozialer Sicherheit vorzieht. Er arbeitet, um zu leben, läßt sich aber nicht lange in einer Gegend festhalten.«

»Ich verstehe, und jetzt begreife ich auch, warum Sie als Kundschafter vielleicht besonders geeignet sind. Wie sind Sie dazu gekommen, als Hobo zu leben? Ich könnte mir vorstellen, daß man sich gut anpassen und ziemlich ausdauernd sein muß.«

Ardmore spürte, daß er zum erstenmal die natürliche Zurückhaltung des Mannes durchbrochen hatte. Thomas suchte nach einer Antwort und sagte schließlich: »Wahrscheinlich lag es daran, daß ich kein Rechtsanwalt sein wollte.«

»Was?«

»Ja. Ich habe seinerzeit nach dem Jurastudium einen Sozialberuf ergriffen. Und dabei ist mir die Idee gekommen, eine Arbeit über die Wanderarbeiter zu schreiben. Um das Thema richtig aufzunehmen, mußte ich natürlich die Bedingungen, unter denen diese Menschen lebten, am eigenen Leibe erfahren.«

»So, so. Und während ihrer Praktikantenzeit – wenn man so sagen kann – hat Sie die Armee erwischt?«

»O nein«, berichtigte ihn Thomas. »Ich bin über zehn Jahre unterwegs gewesen. Ich bin nicht wieder nach Hause zurückgekehrt. Das Leben als Hobo hat mir Spaß gemacht.«

Die weiteren Einzelheiten wurden in aller Eile festgelegt. Thomas verlangte nur die Kleidung zurück, die er getragen hatte, als er in das Sperrgebiet der Zitadelle geriet. Ardmore hatte ihm noch einen Schlafsack aufdrängen wollen, aber Thomas wollte davon nichts wissen. »Das würde nicht zu meiner Rolle passen«, erklärte er. »Ich möchte nur eine gute Mahlzeit zum Abschied und etwas Geld.«

Ardmore hielt seine Anweisungen sehr allgemein. »Fast alles, was Sie hören oder sehen, wird für mich interessant sein«, sagte er. »Versuchen Sie, möglichst weit zu kommen und in einer Woche zurück zu sein. Wenn Sie sehr viel länger bleiben, muß ich vermuten, daß Sie nicht mehr leben oder in Gefangenschaft geraten sind, und dann werde ich einen anderen Plan verfolgen müssen.

Halten Sie die Augen offen nach Möglichkeiten, einen ständigen Informationsdienst einzurichten. Nun zu den Einzelheiten: Uns interessiert alles über die PanAsiaten – wie sie bewaffnet sind, wie sie das besetzte Gebiet verwalten, wo sie ihre Hauptquartiere eingerichtet haben und – wenn sich das überhaupt schätzen läßt – welche Kopfstärke die Besatzungsmacht hat und wie sie sich schwerpunktmäßig verteilt. Das müßte Sie mindestens eine Woche auf den Beinen halten – kommen Sie aber trotzdem in sieben Tagen zurück.«

Ardmore zeigte Thomas noch, wie eine der Außentüren der Zitadelle zu öffnen war; zwei unterbrochene Takte des Yankee-Doodle bewirkten, daß eine Türöffnung in der Felswand erschien. Eine einfache, dem asiatischen Vorstellungsvermögen nicht leicht eingängige Vorrichtung.

Ardmore stellte beim Abschied fest, daß Thomas noch eine Überraschung für ihn parat hatte. Als sie sich noch einmal die Hände reichten, umfaßte der junge Mann seine Hand mit dem Griff der Dekes – seiner eigenen Verbindung! Ardmore starrte auf die geschlossene Tür und versuchte seine Gedanken zu ordnen.

Als er sich umwandte, stand Calhoun hinter ihm. »Oh, hallo, Doktor«, sagte er hastig. Es war ihm, als hätte man ihn bei etwas Unerlaubtem ertappt.

»Guten Tag, Major«, erwiderte Calhoun förmlich. »Darf ich fragen, was hier vorgeht?«

»Gewiß. Ich habe Leutnant Thomas auf einen Erkundungsgang geschickt.«

»Leutnant?«

»Ja, Leutnant. Ich mußte ihn für eine Aufgabe einsetzen, die seinem bisherigen Rang absolut nicht entsprach. Ich hielt es also für angebracht, ihn zu befördern.«

Calhoun ging nicht weiter auf das Thema ein. »Sie machen sich wahrscheinlich klar, daß wir alle gefährdet sind, wenn wir jemanden nach draußen schicken. Ich bin ein wenig überrascht, daß Sie solche wichtigen Entscheidungen treffen, ohne sich vorher mit uns anderen abzustimmen.«

»Es tut mir leid, daß Sie so darüber denken, Colonel«, erwiderte Ardmore und bemühte sich, höflich zu bleiben. »Aber mir steht ohnehin die letzte Entscheidung zu, und es ist von größter Dringlichkeit, daß uns nichts von unserer wichtigsten Aufgabe – der Forschung – ablenkt. Haben Sie Ihren Versuch beendet?« fragte er.

»Ja.«

»Und?«

»Das Ergebnis war positiv. Die Mäuse sind gestorben.«

»Und Wilkie?«

»Wilkie ist natürlich nichts passiert. Das hatte ich ja vorhergesagt.«

Jefferson Thomas, Absolvent magna cum laude der Universität von Kalifornien und jetzt Leutnant im Geheimdienst der Armee der Vereinigten Staaten, verbrachte seine erste Nacht frostzitternd auf einem Bett aus Tannennadeln.

Auf einem Bauernhof bekam er am nächsten Morgen etwas zu essen, obwohl dem Hausherrn sichtlich daran lag, ihn schnell wieder loszuwerden. »Die Burschen schnüffeln hier dauernd herum«, sagte er. »Ich muß an die Kinder denken; wer Flüchtlinge aufnimmt, wird bestraft.«

»Wieso?«

Der Farmer starrte ihn an. »Wo hast du gesteckt, Junge?«

»Oben in den Bergen. Habe noch keinen von den Kerlen zu Gesicht bekommen.«

»Dann hast du auch noch keine Nummer, wie? Verschaff dir schnell eine. Nein, das nützt dir nichts; du würdest nur in einem Arbeitslager landen, wenn du dir eine klaust.«

»Nummer?«

»Registrationsnummer – hier.« Er zog eine plastiküberzogene Karte aus der Tasche und zeigte sie Thomas. Auf der Karte befand sich ein schlechtes Bild des Mannes neben seinen Fingerabdrükken und anderen Angaben über Beruf, Familienstand und Adresse. An der Oberkante verlief eine lange, durch einen Bindestrich getrennte Nummer. »Der erste Teil ist meine Nummer. Sie bedeutet, daß mir der Herrscher gestattet, am Leben zu bleiben und mich an der Luft und am Sonnenschein zu erfreuen«, fügte er verbittert hinzu. »Der zweite Teil ist meine Klassifizierung. Sie verrät, wo ich lebe und was ich für einen Beruf habe. Wenn ich den Distrikt verlassen möchte, muß ich die Nummer ändern lassen. Wenn ich in eine andere Stadt will als die, die als mein Einkaufsort bestimmt ist, muß ich mir eine besondere Tageserlaubnis holen. Nun frage ich Sie – ist das noch ein Leben?«

»Nein, keinesfalls«, stimmte Thomas zu. »Nun, ich mache mich am besten auf den Weg, damit Sie keine Schwierigkeiten bekommen. Vielen Dank für das Frühstück.«

»Keine Ursache. Ist ein Vergnügen, wenn man heutzutage einem richtigen Amerikaner noch einen Gefallen tun kann.«

Thomas setzte sich in Bewegung. Er wollte den freundlichen Farmer nicht sehen lassen, wie sehr ihn dieses Gespräch mitgenommen hatte. Die Bedeutung der Niederlage seines Landes war ihm noch nie so bewußt geworden wie beim Anblick der Registrationskarte – diesem Zeichen größter Erniedrigung.

In den ersten Tagen bewegte er sich nur mit äußerster Vorsicht, bis er sich mit den zwangsweise eingeführten neuen Sitten besser vertraut gemacht hatte. Dabei war es dringend erforderlich, daß er in eine Stadt eindrang und sich dort ein wenig umsah, die Anschläge las und sich mit Leuten unterhielt, deren Beruf ein freies Reisen gestattete. Er war durchaus bereit, das Risiko auf sich zu nehmen, aber immer wieder mußte er an Ardmores Ermahnungen denken: Vor allem kam es darauf an, heil in die Zitadelle zurückzukehren. Er mußte also vorsichtig sein.

Wenn es dunkel wurde, trieb sich Thomas in der Nähe von Städten herum und ging den Patrouillen aus dem Wege, wie er früher den Bahnpolizisten ausgewichen war. Am zweiten Abend erreichte er sein erstes Ziel – ein Hobo-Lager. Fast hätte er es verpaßt, denn das Feuer war in einem notdürftig zusammengebastelten Ofen abgeschirmt.

Er trat in den Kreis, setzte sich – wie es die Sitte erforderte –

wortlos nieder und wartete ab, bis die anderen ihre Inspektion beendet hatten.

Schließlich sagte eine Stimme weinerlich: »He, das ist ja Gentleman Jeff. Himmel, hast du mich erschreckt. Hab' dich doch glatt für ein Schlitzauge gehalten. Was hast du so gemacht, Jeff?«

»Oh, dies und das. Immer am Laufen.«

»Wem geht das heute nicht so?« erwiderte die Stimme. »Überall treiben sich diese Hunde herum, diese ...« Er ließ sich nachdrücklich über die Verfahren und Angewohnheiten der PanAsiaten aus, über die er zweifellos kaum etwas Konkretes wissen konnte.

»Maul halten, Moe«, befahl eine andere Stimme. »Was gibt's Neues, Jeff?«

»Tut mir leid«, sagte Thomas verbindlich. »Ich habe mich in der letzten Zeit in den Bergen herumgetrieben, damit ich nicht in die Armee mußte. Bin fischen gewesen.«

»Du hättest hierbleiben sollen. Es sieht schlimm aus. Niemand wagt einem Unregistrierten Arbeit zu geben, und man muß sich verdammt vorsehen, damit man nicht in ein Arbeitslager kommt.«

»Erzählt mir von den Arbeitslagern«, bat Thomas. »Vielleicht bin ich eines Tages so hungrig, daß ich eins ausprobieren möchte.«

»*So* hungrig wirst du wohl nie werden. Wir haben einen gesehen, der da wieder rausgekommen ist. Er war über und über mit Wunden bedeckt.«

Thomas hätte gern das Thema gewechselt, aber er brauchte Informationen. »Wer wird denn dahingeschickt?«

»Jeder, der keine reguläre Arbeit hat. Jungen ab vierzehn. Und alle, die ohne Registrationskarte erwischt werden.«

»Und das ist nicht alles«, schaltete sich Moe ein. »Du müßtest mal sehen, was sie mit arbeitslosen Frauen machen. Neulich hat mir eine erzählt, sie hat eine Nichte, die Lehrerin war, und als sie registriert wurde, hat man sie ...«

»Halt den Mund, Moe. Du redest zuviel.«

Es waren nur Bruchstücke von Informationen, die er auf diese Weise sammelte, um so mehr unzusammenhängend, als er keine direkten Fragen stellen konnte. Dennoch entstand vor seinem inneren Auge langsam das Bild eines systematisch versklavten Volkes, das Bild einer völlig gelähmten und hilflosen Nation.

Überall stieß er auf unterdrückten Zorn, auf wilde Wut und Kampfbereitschaft – doch diese Kräfte waren ohne Führung, ohne Ausrichtung. Hier und dort ausbrechende Rebellionen waren so nutzlos wie das wilde Herumrasen von Ameisen, deren Hügel zertreten worden ist. Die PanAsiaten waren nicht unverletzlich, und es gab genügend Männer, die bereit waren, die Waffe gegen sie zu erheben, selbst wenn sie damit ihr Leben verwirkt hatten. Doch ihnen waren die Hände gebunden angesichts der Gewißheit, daß andere Männer, Frauen und Kinder später teuer für ihren Gewaltakt zahlen mußten.

Noch bedrückender als das Leid, das er überall zu Gesicht bekam, waren die Berichte über die beabsichtigte Auslöschung der amerikanischen Kultur. Die Schulen waren geschlossen. Kein Wort durfte mehr in Englisch gedruckt werden, und man meinte, daß in einer Generation das Englische eine tote Sprache sein würde.

Es war unmöglich, die Größe der Besatzungsmacht zu schätzen. Den Gerüchten zufolge kamen täglich Transporte an der Westküste an und brachten Tausende von Verwaltungsfachleuten, von denen die meisten die Eingliederung Indiens mitgemacht und entsprechende Erfahrungen gesammelt hatten. Ob man sie als Verstärkung der bewaffneten Streitkräfte ansehen konnte, ließ sich schwer sagen, aber es war klar, daß sie die zahlreichen weißen Beamten ersetzen sollten, die jetzt noch in niedrigen Positionen zur Verwaltungsarbeit gezwungen wurden. Und wenn diese weißen Beamten erst »eliminiert« wurden, fiel es sicher noch schwerer, einen Widerstand zu organisieren.

In einem der Hobo-Lager fand Thomas schließlich die Möglichkeit, sich Zugang zu den Städten zu verschaffen.

Finny – dessen Nachname unbekannt war – konnte nicht unbedingt als Ritter der Straße gelten, sah er die Welt der Hobos doch mehr als Unterschlupf an und hielt sich über Wasser, indem er seine Fähigkeiten unter Beweis stellte. Er war ein alter Anarchist, der seine Vorstellung von Freiheit dadurch verwirklicht hatte, daß er ausgezeichnete Banknoten machte, ohne dafür um Genehmigung nachzusuchen.

Finny machte jedenfalls eine Registrationskarte für Thomas. »Wir müssen eigentlich nur bei der Nummer richtig aufpassen«, sagte er und beugte sich über seine Arbeit. »Die PanAsiaten, mit denen du es zu tun bekommst, können fast alle kein Englisch, so daß wir sonstwas auf die Karte schreiben könnten. Dasselbe gilt für das Foto. Für die Burschen sehen alle Weißen gleich aus.« Er holte einen kleinen Stapel Fotografien aus seinem Beutel und musterte sie kurzsichtig durch seine dicken Brillengläser. »Hier, nimm dir eins, das dir ähnlich sieht. Und nun zur Nummer . . .«

Die Hände des alten Mannes waren zittrig und fast gelähmt, aber als sie sich jetzt an die Arbeit machten, gewannen sie eine bemerkenswerte Sicherheit. In fantastischer Nachahmung der Maschinenschrift erschienen Zahlen auf dem Karton – ohne richtige Unterlage, ohne Präzisionswerkzeuge. Thomas begriff, warum die Meisterstücke des alten Burschen dem Schatzamt Kopfzerbrechen bereitet hatten. »Da!« verkündete Finny. »Ich habe dir eine Seriennummer gegeben, aus der hervorgeht, daß du kurz nach dem Umsturz registriert worden bist, und deine Einstufung gestattet dir das Umherreisen. Du bist angeblich nicht geeignet für körperliche Arbeit und hast daher eine Hausier- und Bettelerlaubnis.«

»Vielen Dank«, sagte Thomas. »Was . . . äh . . . bin ich dir dafür schuldig?«

Finnys Reaktion beschämte den jungen Mann. »Nichts – absolut nichts. Geld ist das Mittel, durch das ein Mensch seinen Bruder versklavt.«

»Tut mir leid«, entschuldigte sich Thomas ernsthaft. »Ich möchte dir nur irgendwie helfen.«

»Das ist etwas anderes. Hilf deinem Bruder, wo du kannst, und dir wird geholfen, wenn du es nötig hast.«

Thomas fand die Philosophie des alten Anarchisten recht verwirrend, verwandte jedoch viel Zeit darauf, sich mit ihm zu unterhalten, denn er schien sehr viel über die PanAsiaten zu wissen. Finny fürchtete sich anscheinend nicht vor ihnen, schien sie aber auch nicht zu hassen; er war seltsam unbewegt. Thomas konnte das zuerst nicht verstehen, da er Finny für eine warmherzige Natur hielt, aber dann machte er sich klar, daß der Anarchist ja jede Form von Regierung für falsch und alle Menschen für seine Brüder hielt und daß der Unterschied aus diesem Grunde für ihn nur minimal war. Von Finnys Standpunkt aus war an den PanAsiaten nichts Hassenswertes; sie waren lediglich fehlgeleitete Menschen, deren Ausschreitungen verwerflich waren.

Thomas konnte das Problem nicht aus derart olympischen Höhen sehen. Dennoch verhalf ihm Finnys nüchterne Art dazu, das eigentliche Problem sehr deutlich zu erkennen. »Mach nicht den

Fehler, die PanAsiaten für schlecht zu halten – das sind sie nämlich nicht. Sie sind nur anders. Hinter ihrer Arroganz verbirgt sich ein rassischer Minderwertigkeitskomplex, eine Massenparanoia, die es erforderlich macht, daß sie sich und uns immer wieder beweisen, daß ein Gelber mindestens so gut, wenn nicht sogar besser ist als ein Weißer. Denk daran, mein Sohn, an den äußeren Zeichen des Respekts liegt ihnen mehr als an etwas anderem.«

»Aber warum sollten sie einen Minderwertigkeitskomplex haben? Wir sind doch über zwei Generationen lang nicht mehr mit ihnen in Berührung gewesen – seit dem Trennungsgesetz.«

»Glaubst du wirklich, daß das rassische Gedächtnis so kurz ist? Das geht bis weit ins neunzehnte Jahrhundert zurück. Und jetzt sind diese Menschen wieder einmal zu dem alten Fehlschluß der Allmacht des Staates verleitet worden. Wenn du erst einmal begreifst . . .« Und er hielt Thomas einen langen Vortrag, eine Mischung aus Rousseau, Rocker, Thoreau und anderen. Thomas fand das alles sehr anregend, aber wenig überzeugend.

Jedenfalls war die Diskussion mit Finny von großem Wert für ihn. Er begriff endlich, womit sie es zu tun hatten. Das Trennungsgesetz hatte bewirkt, daß die Amerikaner kaum etwas von ihrem Gegner wußten.

Als das Gesetz erlassen wurde, war es kaum mehr als die juristische Anerkennung bereits bestehender Tatsachen. Die Sowjetisierung Asiens hatte westliche Beobachter, insbesondere Amerikaner, weitaus wirksamer aus Asien vertrieben, als es jedes Kongreßgesetz vermocht hätte. Die seltsamen Gründe, die den damaligen Kongreß zu der Überzeugung gebracht hatten, die Vereinigten Staaten würden an Würde gewinnen, wenn sie ein Gesetz zur rechtlichen Stützung des uns von den Kommissaren bereits zugefügten Unrechts erließen, verwirrten Thomas. Er vermutete, daß es die Verantwortlichen für billiger gehalten hatten, Rotasien von der Landkarte zu streichen, als einen Krieg zu führen.

Die Befürworter des Gesetzes schienen fast ein halbes Jahrhundert recht zu behalten; es gab keinen Krieg. Sie hatten argumentiert, daß China selbst für Rußland ein ziemlich großer Brocken wäre und daß die Vereinigten Staaten während des Verdauungsvorganges einen Krieg nicht zu befürchten hätten. Sie hatten recht behalten – bis zu einem gewissen Grade. Jedenfalls hatten sie allem den Rücken gekehrt, als China Rußland verdaute – und Amerika einem System gegenüberstellte, das der westlichen Denkweise noch mehr entfremdet war als das nun abgelöste sowjetische System.

Mit der gefälschten Registrationskarte und Finnys Verhaltensmaßregeln bewaffnet, wagte sich Thomas in eine mittelgroße Stadt. Finnys Arbeit wurde fast sofort einer Prüfung unterzogen.

Er hatte an einer Straßenecke haltgemacht, um einen Anschlag zu lesen. Es handelte sich um einen allgemeinen Befehl an alle Amerikaner, sich jeden Abend um zwanzig Uhr vor einem Fernsehempfänger einzufinden, um die Befehle entgegenzunehmen, die die Herrscher für sie haben mochten. Er wollte sich eben wieder abwenden, als er einen Schlag auf die Schulter erhielt. Er wirbelte herum und sah sich einem PanAsiaten gegenüber, der die grüne Uniform eines Verwaltungsoffiziers und ein Stöckchen trug.

»Aus dem Weg, Junge!« Der Mann sprach das Englische mit einem leicht singenden Tonfall.

Thomas sprang in den Rinnstein – »Sie schauen gern auf dich herab!« – und verschränkte in der vorgeschriebenen Form die Hände. Dann verbeugte er sich mehrmals und erwiderte: »Der Herr befiehlt, der Diener gehorcht.«

»Das ist besser«, erwiderte der Asiate, offenbar etwas besänftigt. »Deinen Ausweis!«

Der Akzent des Mannes hätte schlimmer sein können, aber auch so begriff Thomas nicht sofort. Die innere Reaktion auf seine Rolle als Sklave übertraf alles, was er erwartet hatte; er hielt sich nur mühsam im Zaum.

Schließlich holte er seine Registrationskarte hervor. In diesem Augenblick war es ihm gleichgültig, ob sie einer Prüfung standhielt oder nicht; wenn es Schwierigkeiten gab, würde er den Mann mit bloßen Händen auseinandernehmen.

Aber der Asiate fand nichts zu beanstanden. Knurrend gab er Thomas die Karte zurück und marschierte davon, ohne zu wissen, wie nahe er dem Tode gewesen war.

Wie es sich herausstellte, gab es in der Stadt nicht viel zu erfahren, was er nicht schon in den Hobo-Lagern gehört hatte. Was ihn aber besonders mitnahm, waren die leblosen, hölzernen Gesichter der Menschen und die stillen Kinder. Da ging es bei den Hobos noch lebhafter zu, und er faßte den Entschluß, nicht in den Städten zu übernachten.

In einem der Hobo-Lager traf Thomas einen alten Freund.

Frank Roosevelt Mitsui war Amerikaner wie er. Sein Großvater hatte seine Großmutter, die halb Chinesin und halb Wahini war, von Honolulu nach Los Angeles gebracht und dort Blumen, Gemüse und kleine gelbe Kinder großgezogen – Kinder, die weder Chinesisch noch Japanisch konnten und denen das auch egal war.

Franks Vater lernte seine Mutter, Thelma Wang, im internationalen Klub der Südkalifornischen Universität kennen. Er nahm sie mit nach Imperial Valley und brachte sie auf einer Ranch unter. Hier wuchs Frank auf.

Jeff Thomas hatte drei Sommer lang Salat und Melonen für Frank Mitsui geerntet und ihn als guten Boß kennengelernt. Er hatte mit seinem Arbeitgeber auf besonders gutem Fuß gestanden, weil er mit dem Schwarm Kinder, der Franks beste Aussaat war, besonders gut umgehen konnte. Doch nach den Ereignissen war der Anblick eines großflächigen gelben Gesichtes hier im Hobo-Lager fast ein Schock, und er erkannte seinen alten Freund zuerst gar nicht wieder.

Es war ein unschönes Wiedersehen. Obwohl er Frank gut kannte, war Thomas nicht mehr bereit, einem Orientalen zu trauen. Schließlich überzeugten ihn Franks Augen; in ihnen stand ein gequälter Ausdruck, der intensiver zu sein schien als bei den meisten Weißen – ein Ausdruck, der sich auch nicht veränderte, als er jetzt lächelte und Thomas die Hand reichte.

»Nanu, Frank«, improvisierte Jeff nervös. »Was für eine Überraschung! Ich hatte angenommen, daß du mit dem neuen Regime besonders gut auskommst.«

Frank Mitsui starrte ihn bedrückt an und schien nach Worten zu suchen. Einer der anderen Hobos schaltete sich ein. »Weißt du nicht, was man mit Leuten wie Frank macht?«

»Nein, wieso?«

»Wenn man dich erwischt, kommst du ins Arbeitslager – aber wenn Leute wie Frank geschnappt werden, erschießt man sie auf der Stelle.«

»Was hast du denn getan, Frank?«

Frank Mitsui schüttelte nur unglücklich den Kopf.

»Er hat nichts getan«, fuhr der andere fort. »Das Imperium hat nur keine Verwendung für amerikanische Asiaten. Man liquidiert sie.«

Es war ganz einfach. Die Japaner, Chinesen und sonstigen Orientalen, die an der pazifischen Küste gelebt hatten, ließen sich in das Schema der Leibeigenen und Herrscher nicht einfügen; das galt besonders für Mischlinge. Sie waren eine Gefahr für die allgemeine Stabilität des Systems. Eiskalt gefolgert, ergab sich, daß sie getötet werden mußten.

Frank erzählte seine Geschichte: »Als ich nach Hause kam, waren sie alle tot – meine kleine Shirley, Junior, Jimmy, das Baby – und Alice.« Er barg das Gesicht in den Händen und begann zu weinen. Alice war seine Frau. Thomas hatte sie als braunhaarige, stämmige Frau in Overall und Strohhut in Erinnerung – eine Frau, die sehr wenig sagte, aber gern lächelte.

»Zuerst dachte ich, ich würde mich selbst umbringen«, fuhr Mitsui fort. »Aber dann versteckte ich mich zwei Tage lang in einem Bewässerungsgraben und machte mich über die Berge davon. Schließlich wurde ich beinahe von einigen Weißen umgebracht, ehe ich sie überzeugen konnte, daß ich nicht zur anderen Seite gehöre.«

Thomas wußte nichts zu sagen. Er konnte Frank verstehen, der sich in einer hoffnungslosen Lage befand. »Was willst du tun, Frank?«

Plötzlicher Lebenswille belebte Mitsuis Gesicht. »Ich will noch nicht sterben. Zehn für jedes –« er zählte an seinen braunen Fingern ab – »zehn von diesen Teufeln für jedes meiner Kinder – und zwanzig für Alice. Dann vielleicht noch zehn für mich, dann kann ich sterben.«

»Hmm. Hast du schon Glück gehabt?«

»Bis jetzt habe ich dreizehn erwischt. Es geht nur langsam, denn ich muß vorsichtig sein, damit ich meine Aufgabe erfüllen kann.«

Thomas versuchte sein neues Wissen zu verdauen. Eine derartige Entschlossenheit konnte nützlich sein, wenn sie richtig gesteuert wurde.

»Hättest du Lust, deine Quote von zehn auf tausend zu erhöhen – und zweitausend für Alice?« fragte er schließlich.

3

Die Außenalarme hatten Ardmore längst aufgeschreckt, als Thomas an der Tür erschien und seine Melodie pfiff. Ardmore beobachtete das Portal auf einem Fernsehschirm im Wachraum, und sein Daumen ruhte auf dem Auslöseknopf einer Strahlenwaffe. Als er Thomas erkannte, entspannte er sich, doch beim Anblick seines Begleiters fuhr er zusammen. Ein PanAsiate! Im letzten Augenblick hielt er sich zurück. Es war denkbar, wenn auch unwahrscheinlich, daß Thomas einen Gefangenen gemacht hatte und ihn jetzt zum Verhör mitbrachte.

»Major Ardmore! Hier spricht Thomas.«

»Bleiben Sie, wo Sie sind! Beide!«

»Schon gut, Major. Er ist Amerikaner. Ich bürge für ihn.«

Die Stimme, die aus dem Lautsprecher tönte, klang mißtrauisch. »Trotzdem ziehen Sie sich beide aus.« Die Männer gehorchten. Thomas biß sich gedemütigt auf die Unterlippe, während Mitsui erregt zitterte. Er begriff das alles nicht und glaubte sich in der Falle. »Jetzt langsam umdrehen, damit ich Sie ansehen kann«, befahl die Stimme.

Nachdem er sich davon überzeugt hatte, daß die Besucher unbewaffnet waren, setzte sich Ardmore mit Graham in Verbindung. »Graham?«

»Ja, Sir?«

»Melden Sie sich sofort bei mir im Wachraum.«

»Aber das geht jetzt nicht, Major. Das Essen . . .«

»Egal! Marsch!«

»Jawohl, Sir.«

Ardmore erklärte ihm die Szene auf dem Schirm. »Sie legen den beiden Handschellen an – zuerst dem Asiaten. Passen Sie auf, daß er Sie nicht anspringt. Notfalls muß ich Sie auch töten.«

»Das gefällt mir alles nicht, Major«, wandte Graham ein. »Thomas ist in Ordnung.«

»Das weiß ich auch, Mann. Aber vielleicht steht er unter Drogeneinfluß. Vielleicht will man sich durch ihn Zugang verschaffen. Los, gehen Sie jetzt und tun Sie, was ich Ihnen gesagt habe.«

Während Graham widerwillig den Befehl befolgte, rief Ardmore Dr. Brooks an.

»Doktor, würden Sie bitte sofort herüberkommen? Thomas ist wieder da, und ich möchte feststellen lassen, ob er unter Drogeneinfluß steht.«

»Aber ich bin kein Arzt . . .«

»Das weiß ich, aber Sie kommen einem Arzt hier am nächsten.«

»Jawohl, Sir.«

Dr. Brooks untersuchte Thomas' Pupillen, testete seinen Kniereflex, maß den Puls und horchte ihn ab. »Ich würde sagen, der Mann ist völlig normal, wenn er auch ziemlich erschöpft und erregt ist. Natürlich kann das keine positive Diagnose sein. Wenn ich mehr Zeit hätte . . .«

»Das muß im Augenblick genügen. Thomas, ich hoffe, daß Sie es mir nicht übelnehmen, wenn wir Sie einsperren, bis wir Ihren asiatischen Freund untersucht haben.«

»Ganz bestimmt nicht«, erwiderte Thomas mit schiefem Lächeln. »Da Sie sich ja sowieso nicht davon abbringen lassen.«

Frank Mitsui zuckte nicht zusammen, als die Injektionsnadel unter seine Haut drang und ihm das Mittel eingespritzt wurde, das seine Zunge lösen sollte.

Sein Gesicht nahm einen friedlichen Ausdruck an.

Doch bei der nun folgenden Befragung blieb es nicht friedlich. Die Wahrheit, die hier zum Vorschein kam, war einfach unglaublich. Tiefe Linien erschienen auf Ardmores Gesicht, während er der Erzählung des Mannes lauschte. Was man ihn auch fragte – immer wieder sprach er von seinen toten Kindern und seinem verwüsteten Haus. Schließlich machte Ardmore dem Verhör ein Ende.

»Geben Sie ihm das Gegenmittel, Doktor. Ich kann nicht mehr.«

Als der Asiate wieder bei Bewußtsein war, reichte ihm Ardmore feierlich die Hand. »Wir freuen uns, daß Sie jetzt zu uns gehören, Mr. Mitsui. Wir werden Ihnen eine Arbeit zuteilen, durch die Sie hoffentlich Ihre Rache befriedigen können. Zunächst gibt Ihnen Dr. Brooks jedoch ein Schlafmittel, damit Sie sich einmal richtig ausruhen können.«

»Ich brauche keinen Schlaf, Mister . . . Major.«

»Sie werden trotzdem schlafen – ebenso wie später Thomas, der mir noch Bericht erstatten muß.«

Zehn Minuten später saß er mit Thomas in seinem Büro. »Nun, Leutnant – ich bin verdammt froh, daß Sie wieder da sind.«

»Das freut mich auch. Haben Sie eben ›Leutnant‹ gesagt? Ich

hatte angenommen, daß ich automatisch wieder meinen alten Rang . . .?«

»Warum? Ich suche sogar nach einem Weg, auch Graham und Scheer zu befördern, um die gesellschaftlichen Unterschiede zu mildern. Aber das ist im Augenblick nicht wichtig. Sie haben hoffentlich eine Lösung für alle unsere Probleme mitgebracht?«

»Das haben Sie doch wohl nicht ernsthaft erwartet?« meinte Thomas und entspannte sich.

»Nein, natürlich nicht. Aber unter uns gesagt – ich muß nun wirklich bald ein Kaninchen aus dem Zylinder zaubern – ein gutes Kaninchen. Die Wissenschaftler bedrängen mich – allen voran Colonel Calhoun. Es ist sinnlos, wenn die Leute in ihren Labors Wunder fabrizieren, ohne daß wir eine Möglichkeit haben, sie auch strategisch und taktisch einzusetzen.«

»Sind wir denn wirklich schon soweit?«

»Sie wären wahrscheinlich überrascht. Die schlauen Burschen haben den sogenannten ›Ledbetter-Effekt‹ völlig umgekrempelt. Wir können jetzt fast alles damit anstellen – außer vielleicht Kartoffeln schälen und den Hund Gassi führen.«

»Wirklich?«

»Wirklich! Ich wüßte nicht, wo ich mit dem Erklären beginnen sollte. Wilkie hat versucht, mich auf dem laufenden zu halten, und obwohl er sich sehr um eine einfache Sprache bemüht hat, habe ich nur etwa jedes zweite Wort verstanden. Vielleicht kann man sagen, daß unsere Wissenschaftler die atomare Kontrolle entdeckt haben – damit meine ich nicht die Atomspaltung oder künstliche Radioaktivität. Wir sprechen doch von Raum und Zeit und Materie, nicht wahr?«

»Ja. Einsteins Raum-Zeit-Konzept.«

»Natürlich. Das gehört heutzutage zum Standardpensum aller Oberschulen. Aber unsere Leute gehen noch etwas weiter. Sie gehen davon aus, daß Raum und Zeit und Masse und Energie und Strahlung und Schwerkraft lediglich verschiedene Ausdrucksformen derselben Grunderscheinung sind. Und wenn man nur eine dieser Formen richtig in den Griff bekommt, hat man den Schlüssel für alle anderen in der Hand. Wenn man Wilkie glauben kann, sind die meisten Wissenschaftler bis heute nur in die Randgebiete des Problems eingedrungen; sie hatten die Anfänge einer einheitlichen Feldtheorie vor Augen, ohne daß sie selbst daran glaubten.

Offenbar ist es Ledbetter gelungen, die Grundlagen der Strahlung restlos zu erforschen, und hat Calhoun und Wilkie den Schlüssel zu allen weiteren Problemen der Physik in die Hand gegeben. Ist das soweit klar?« fügte er grinsend hinzu.

»Nicht sehr«, gabThomas zu. »Können Sie mir beschreiben, was man damit anstellen kann?«

»Die ursprüngliche Ledbetter-Katastrophe, der hier die vielen Menschen zum Opfer fielen, war ein Unfall. Brooks sagt, daß die Grundstrahlung die Kolloiddispersion lebenden Gewebes beeinträchtige, so daß der Todesgrund eine Art Gerinnen war. Die Strahlung hätte ebensogut die Aufhebung der Oberflächenspannung bewirken können – das ist nur eine Sache der Einstellung. Tatsächlich haben wir neulich so einen Versuch gemacht. Ein halbes Beefsteak ist explodiert wie eine Dynamitladung.«

»Was?«

»Fragen Sie mich nicht, wie das geht – ich wiederhole nur die Erklärung, die man mir gegeben hat. Aber worauf es ankommt – offensichtlich hat man die wichtigsten Geheimnisse der Materie entdeckt. Wir können sie – manchmal – zur Explosion bringen und sie als Energiequelle benutzen. Wir können sie in jedes gewünschte Element umwandeln. Unsere Wissenschaftler scheinen auch noch herausfinden zu wollen, wie die Schwerkraft funktioniert, so daß wir uns die Gravitation vielleicht bald ebenso nutzbar machen können wie die Elektrizität. Ach, ich begreife davon nur die Hälfte – Wilkie sagt, daß man sich eigentlich nur in der Sprache der Mathematik klar ausdrücken kann.«

»Die habe ich beim Jurastudium nicht mitbekommen.«

»Ich auch nicht«, sagte Ardmore. »Ich habe versucht, einige der Versuchsaufzeichnungen mitzulesen. Ich kann zwar einfache Algebrarechnungen und habe in der Schule auch Differentialrechnen gehabt, aber das Zeug ergab einfach keinen Sinn. Die meisten Zeichen waren mir überhaupt unbekannt. Aber wir entfernen uns immer mehr vom Thema. Sie wollten mich über die Lage informieren.«

»Jawohl, Sir.« Thomas erstattete zusammenhängend Bericht und versuchte ein detailliertes Bild seiner Beobachtungen und Feststellungen zu zeichnen. Ardmore unterbrach ihn nur, wenn er hier und da eine Tatsache näher erklärt haben wollte. Schließlich war Thomas fertig, und Ardmore schwieg einen Augenblick. Dann sagte er:

»Ich glaube, ich hatte im Unterbewußtsein gehofft, Sie würden mir eine Schlüsselinformation für unser Problem liefern, so daß ich sofort wüßte, was zu tun ist. Aber Ihr Bericht macht mir wenig Hoffnung. Wie soll man ein Land zurückgewinnen, das derart bewacht ist?«

»Natürlich habe ich nicht das ganze Land gesehen – ich bin nur etwa dreihundert Kilometer weit gekommen.«

»Ja, aber Sie haben Berichte der anderen Hobos gehört.«

»Ja.«

»Und die Lage ist überall gleich. Ich glaube, wir können davon ausgehen, daß Ihre Schilderung ein ziemlich zutreffendes Bild ergibt.« Er hielt inne und runzelte verwirrt die Stirn. »Trotzdem habe ich irgendwie das Gefühl, daß Sie mir eben etwas Wichtiges gesagt haben. Aber ich bekomme es nicht in den Griff. Noch während Sie sprachen, hatte ich eine Ahnung, als gäbe es eine Lösung, aber dann fiel mir etwas anderes ein, und ich hab's wieder vergessen.«

»Vielleicht könnte es Ihnen helfen, wenn ich noch einmal von vorn . . .?«

»Nein, das brauchen Sie nicht. Ich spiele mir die Aufnahme morgen noch einmal vor, wenn mir bis dahin nichts eingefallen ist.«

Sie wurden von einem kurzen Klopfen an der Tür unterbrochen. Ardmore rief: »Herein!« Colonel Calhoun betrat das Zimmer.

»Major Ardmore, was höre ich da von einem panasiatischen Gefangenen?«

»Das stimmt nicht ganz, Colonel. Wir haben in der Tat einen Asiaten hier, aber er ist amerikanischer Nationalität.«

Calhoun ging darüber hinweg. »Warum hat man mich nicht informiert? Ich habe Ihnen gesagt, daß ich für einen Versuch dringend einen Mann mit mongolischem Blut brauche.«

»Doktor, bei der kleinen Besatzung hier ist es schwierig, allen Erfordernissen militärischer Etikette nachzukommen. Sie hätten über kurz oder lang bestimmt von der Anwesenheit des Mannes erfahren – und wie es scheint, war das ja durchaus der Fall.«

Calhoun schnaubte. »Durch das beiläufige Geschwätz eines Untergebenen.«

»Es tut mir leid, Colonel, aber das ließ sich nicht vermeiden. Im Augenblick jedenfalls versuche ich Thomas' Erkundungsbericht entgegenzunehmen.«

»Sehr wohl, Sir«, sagte Calhoun eisig. »Hätten Sie dann die Freundlichkeit, den Asiaten sofort zu mir zu schicken?«

»Das geht leider nicht. Er hat ein Mittel bekommen und schläft, und vor morgen kann er sich nicht bei Ihnen melden. Ganz abgesehen davon, bin ich zwar sicher, daß er gern bei jedem nützlichen Versuch hilft, aber zugleich ist er amerikanischer Staatsbürger und als Zivilist unserem Schutz anempfohlen. Er ist kein Gefangener. Wir werden uns auf ihn einstellen müssen.«

Calhoun verschwand so plötzlich, wie er erschienen war. »Jeff«, sinnierte Ardmore und blickte auf die geschlossene Tür, »wenn wir nicht mehr auf die militärischen Umgangsformen angewiesen sind, dann trete ich diesem alten Knopf einmal kräftig in den Hintern – das aber bleibt strikt unter uns, ja?«

»Warum schikanieren Sie ihn nicht ein bißchen?«

»Das geht leider nicht, und das weiß er ganz genau. Er ist unersetzlich und unentbehrlich. Wir brauchen seine Fähigkeiten, wenn wir unsere Forschungsarbeit fortsetzen wollen, und man bekommt ihn nicht ins Labor, wenn man den Vorgesetzten herauskehrt.«

»Aber warum hat er es so sehr auf Frank Mitsui abgesehen?«

»Das hat besondere Gründe. Unsere Wissenschaftler haben bewiesen, daß der ursprüngliche Ledbetter-Effekt von einem Charakteristikum der betroffenen Lebensform abhängt – man könnte sagen, von einer natürlichen Frequenz. Anscheinend hat jeder seine eigene Wellenlänge. Das alles kommt mir sehr nebulös vor, aber Dr. Brooks sagt, daß es nicht einmal neu wäre. Schon 1945 hat ein gewisser Fox gezeigt, daß jedes Kaninchen Hämoglobin einer eigenen Wellenlänge besitzt; in der spektroskopischen Analyse absorbierte es diese spezielle Wellenlänge und keine andere. So kann man zwei Kaninchen auseinanderhalten oder ein Kaninchen von einem Hund unterscheiden – indem man die Spektren ihres Hämoglobins vergleicht.

Bei Menschen hat das nicht geklappt. Erst Calhoun und Wilkie haben sich ein Spektroskop für das Spektrum zusammengebastelt, mit dem Ledbetter herumexperimentiert hat, und darauf zeigen sich zweifelsfrei unterschiedliche Wellenlängen für jedes Muster menschlichen Blutes. Nun stellen Sie sich vor, wir bauen einen Ledbetter-Projektor auf, aktivieren ihn und arbeiten uns langsam an der Skala entlang. Wenn wir nun Ihre besondere Frequenz erreichen, beginnen Ihre roten Blutkörperchen mit der Absorption von Energie, das Hämoglobin-Protein zerfällt, und – peng! – Sie sind tot. Dabei kann ich unmittelbar neben Ihnen stehen und den Vorfall unverletzt überstehen, weil meine Frequenz noch nicht erreicht ist. Brooks nimmt jetzt an, daß sich diese Frequenzen nach den Menschenrassen gruppieren lassen. Er hofft also, unsere Waffe auf eine bestimmte Rasse einstellen und somit beispielsweise sämtliche Asiaten ausschalten zu können, ohne daß die Weißen davon betroffen sind, und so weiter.«

Thomas schauderte. »Was für eine Waffe!«

»Ja, allerdings. Das Ganze steht bisher nur auf dem Papier, aber man will es offenbar an Mitsui ausprobieren. Soweit ich die Sache verstehe, soll er dabei zwar nicht umkommen, aber es dürfte trotzdem verdammt gefährlich sein – für Mitsui.«

»Frank hat sicher keine Einwände.«

»Nein, das nehme ich auch nicht an. Aber darüber müssen wir mit ihm sprechen. Jetzt noch etwas anderes. Ich bin der Meinung, daß wir eigentlich mit Hilfe Ihrer Hobo-Freunde eine Art Geheimdienst einrichten könnten. Unterhalten wir uns doch mal darüber.«

In den nächsten Tagen gab es etwas Leerlauf, so daß sich Ardmore verstärkt auf das Problem des militärischen Einsatzes der neuen Waffen konzentrieren konnte, während die Forschungsgruppe ihre Theorien erprobte. Obwohl er weniger zu tun hatte, tat ihm die Ruhe nicht gut. Er hatte nun bald eine mächtige Waffe, die zahlreiche Anwendungsmöglichkeiten bot. Es war anzunehmen, daß die Armee der Vereinigten Staaten den Krieg nicht verloren hätte, wenn sie von vornherein so ausgerüstet gewesen wäre.

Aber sieben Männer konnten nicht gegen ein Imperium anrennen – ein Imperium, das im Notfall sieben Millionen Mann gegen sie aufbringen konnte. Ardmore brauchte eine Armee, die die wunderbaren neuen Waffen auch richtig einsetzte.

Die Frage war nur, wie er eine solche Armee rekrutieren und ausbilden sollte.

Zweifellos würden die PanAsiaten nicht stillhalten, während er seine Streitkräfte sammelte. Die Gründlichkeit, mit der die polizeiliche Überwachung der gesamten Bevölkerung organisiert worden war, machte es wahrscheinlich, daß sich die Invasoren der Revolutionsgefahr durchaus bewußt waren und jede Revolte im Keim ersticken würden.

Nur eine Gruppe verfügte über relativ viel Freiheit – die Hobos. Doch als Ardmore seine Vorstellungen entwickelte, schüttelte Thomas nur den Kopf.

»Das geht nicht. Die Hobos nach militärischen Gesichtspunkten zu organisieren, ist unmöglich. Sie begreifen das Temperament der Hobos nicht. Selbst wenn man sie mit Projektoren ausrüsten könnte, wären sie noch lange keine Armee, sondern nur ein undisziplinierter Haufen.«

»Würden die Männer denn nicht kämpfen?«

»Aber natürlich. Aber sie würden als Individuen kämpfen – und so lange Schaden anrichten, bis sie erwischt werden.«

»Dann frage ich mich, ob man sich auf die Burschen als Informationsquelle überhaupt verlassen kann.«

»Das ist etwas anderes. Die meisten hätten keine Ahnung, wozu sie benutzt werden. Ich würde nur ein Dutzend besonders zuverlässiger Leute auswählen, die die Neuigkeiten an mich weitergeben – und auch die brauchen nur das Allernötigste zu wissen.«

Wie Ardmore es auch betrachtete, ein direkter militärischer Einsatz seiner Waffen war nicht denkbar. Er mußte es auf Umwegen versuchen, mit List, aus dem Untergrund heraus. Er mußte etwas völlig Unerwartetes tun, etwas, das die PanAsiaten erst als Revolution erkannten, wenn es für sie zu spät war.

Er mußte etwas schaffen wie die ›Fünften Kolonnen‹, die damals die europäischen Demokratien aushöhlten, ehe es zur Vernichtung der europäischen Zivilisation kam. Aber seine Truppe würde keine Fünfte Kolonne aus Verrätern sein, sondern eine Sechste Kolonne aus Patrioten, die die Moral der Invasoren anschlagen und sie unsicher machen sollten.

Irreleitung war also der Schlüssel zur Lösung – die Kunst des Täuschens!

Ardmore fühlte sich ein wenig besser, als er in seinen Überlegungen soweit gekommen war. Dieses Vorhaben bekam er als Werbefachmann in den Griff. Er hatte versucht, das Problem auf militärischem Wege anzugehen, aber er war kein Feldmarschall; sein Geist arbeitete anders. So wie die Dinge jetzt standen, war vor allen Dingen eine Art Werbeeffekt zu erzielen, und zwar mit massenpsychologischen Mitteln.

Dabei hatte er freie Hand, und der Werbeetat war kein Problem. Natürlich standen ihm nicht mehr die Zeitungen und anderen Kommunikationsmittel zur Verfügung, aber bestimmt ließen sich neue Wege finden. Es kam vor allen Dingen darauf an, die schwachen Stellen der PanAsiaten zu finden und zu überlegen, wie Calhouns kleine Apparate darauf gerichtet werden konnten, bis die

PanAsiaten des Kleinkriegs überdrüssig wurden und lieber wieder nach Hause zogen.

Er hatte noch keinen konkreten Plan und berief deshalb eine Konferenz ein.

Er skizzierte den Männern die Lage und schloß darin die Informationen ein, die Thomas von draußen mitgebracht hatte und die aus den ›erzieherischen‹ Fernsehsendungen der Invasoren zu gewinnen waren. Dann beschrieb er die Kräfte, die die Wissenschaftler entdeckt hatten, und zählte die Einsatzmöglichkeiten auf. Schließlich bat er um Vorschläge.

»Sehe ich das richtig?« fragte Calhoun. »Nachdem Sie uns deutlich zu verstehen gegeben haben, alle militärischen Entscheidungen selbst zu treffen, bitten Sie uns jetzt, Ihnen zu einem Entschluß zu verhelfen?«

»Ganz und gar nicht, Colonel. Ich trage nach wie vor die Verantwortung für jede Entscheidung, aber wir stehen vor einer völlig neuen militärischen Situation. Jeder Vorschlag kann wertvoll sein. Ich schmeichle mir nicht, ein Monopol auf den gesunden Menschenverstand zu haben. Es wäre wünschenswert, wenn sich jeder mit dem Problem beschäftigte und die anderen seine Meinung kritisieren ließe.«

»Haben Sie denn selbst einen Plan anzubieten?«

»Ich halte mich zurück, bis Sie sich geäußert haben.«

»Gut, Sir.« Dr. Calhoun richtete sich auf. »Dann werde ich Ihnen sagen, was meiner Meinung nach getan werden muß.

In Ihrer Zusammenfassung haben Sie die von mir freigesetzten Kräfte sehr zurückhaltend dargestellt. Wir haben hier in der Zitadelle ein Dutzend schnelle Spähflugzeuge. Wenn wir sie mit Calhoun-Antrieben ausrüsten –« Ardmore bemerkte, wie Wilkie die Lippen zusammenpreßte, als er das hörte –, »sind sie schneller als das schnellste Feindschiff. Wir statten sie mit den schwersten Projektoren aus und greifen an. Mit einer derart überlegenen Waffe ist es nur eine Frage der Zeit, bis wir das panasiatische Imperium in die Knie gezwungen haben.«

Ardmore fragte sich, wie ein Mann nur so blind sein konnte. Er enthielt sich aber jeglichen Kommentars und stellte Calhouns Vorschlag nur zur Diskussion.

Nach langem Zögern wagte Graham einen Einwand. »Wie oft sollen die Maschinen denn landen, damit die Männer essen können?«

Ehe Ardmore etwas sagen konnte, erwiderte Calhoun: »Ich

muß sagen, daß mir der Augenblick für Scherze schlecht gewählt erscheint.«

»Einen Moment!« protestierte Graham. »Ich meine das ganz ernst. Die Spähflugzeuge können nicht allzu lange in der Luft bleiben, und die Vereinigten Staaten mit einem Dutzend Fliegern zu erobern, dürfte einige Zeit in Anspruch nehmen – selbst wenn Sie genügend Männer ausfindig machen, die Dinger laufend in der Luft zu halten. Das bedeutet aber, daß die Maschinen von Zeit zu Zeit zum Stützpunkt zurückkommen müssen.«

»Ja, und das bedeutet auch, daß der Stützpunkt verteidigt werden muß», schaltete sich plötzlich Scheer ein.

»Der Stützpunkt kann mit anderen Projektoren verteidigt werden«, erwiderte Calhoun scharf.

Ardmore rieb sich das Kinn und sagte nichts.

Randall Brooks, der bisher schweigend zugehört hatte, zog plötzlich ein Blatt Papier aus der Tasche und begann zu zeichnen. »Ich glaube, Scheer hat ganz recht, Dr. Calhoun«, sagte er. »Hier, dieser Punkt ist die Zitadelle. Die PanAsiaten können sie in einer Entfernung einkreisen, die größer ist als die Reichweite unserer Projektoren. Die größere Geschwindigkeit unserer Spähflugzeuge wird durch die Masse von Einheiten ausgeglichen, die der Gegner gegen uns aufbieten kann. Zwar haben unsere Maschinen die Projektoren, aber sie können nicht gegen hundert Einheiten zugleich kämpfen, und auch der Feind hat nicht zu unterschätzende Waffen.«

Calhoun stand auf: »Ich weigere mich, mir dieses Geschwätz weiter anzuhören. Bei meinem Plan gehe ich natürlich davon aus, daß er von *Männern* ausgeführt wird!« Und damit verließ er den Raum.

Ardmore ignorierte seinen Abgang und fuhr hastig fort: »Die Einwände, die gegen Colonel Calhouns Plan vorgebracht wurden, habe ich mir auch schon mehrmals aufgezählt, und ich bin zu dem Schluß gekommen, daß jeder Plan eines direkten Angriffs auf die gleichen Bedenken stoßen muß. Vielleicht gibt es aber eine andere denkbare Lösung, auf die ich nur noch nicht gekommen bin. Hat jemand einen Angriffsplan, bei dem wir keine Menschenleben riskieren?« – Niemand antwortete. »Gut, aber falls Ihnen später noch etwas einfällt, sagen Sie mir Bescheid. Es sieht also so aus, als könnten wir den Gegner nicht direkt auf die Hörner nehmen – jedenfalls im Augenblick noch nicht. Dann müssen wir ihn eben an der Nase herumführen.«

»Ja«, sagte Dr. Brooks, »wie der Stier, der sich am roten Tuch müde macht und den Degen erst im letzten Augenblick sieht.«

»Genau. Ich wünschte nur, es wäre tatsächlich so leicht. Ich bitte um Vorschläge in dieser Richtung. Vergessen Sie nicht, daß wir zwei große Pluspunkte haben. Offenbar hat der Gegner nicht die geringste Ahnung, daß es uns gibt, und zweitens sind ihm unsere Waffen völlig fremd und sogar unheimlich.«

»Ja, so könnte man sagen, Sir. Abgesehen von den Instrumenten in unseren Labors gibt es einfach keine Möglichkeit, unsere Energien aufzuspüren. Man weiß überhaupt nicht, daß es sie gibt. Es ist, als wollte man ohne Empfänger Radio hören.«

»Das meine ich – unheimlich, rätselhaft, unerklärlich. Ich denke an die Indianer, die zum erstenmal mit den Feuerwaffen des weißen Mannes in Berührung kamen und einfach nicht wußten, woran sie starben. Denken Sie einmal darüber nach. Ich halte eine Weile den Mund.«

Graham hob sofort den Arm. »Major? Warum kidnappen wir sie nicht einfach?«

»Was meinen Sie?«

»Wir wollen die Burschen doch ängstigen, nicht? Wie wär's, wenn wir einen Überraschungsangriff starten? Wir könnten in der Nacht mit den Spähmaschinen losfliegen und irgendeinen wichtigen PanAsiaten, vielleicht sogar den königlichen Prinzen persönlich, entführen. Wir schießen alles mit den Projektoren über den Haufen, marschieren hinein und holen unser Opfer heraus.«

»Was meinen die anderen dazu?« fragte Ardmore.

»Der Plan klingt nicht uninteressant«, kommentierte Brooks. »Ich würde vorschlagen, die Projektoren so einzustellen, daß sie die PanAsiaten nur bewußtlos machen; das erhöht sicher die psychologische Wirkung. Niemand wüßte, was passiert ist, nur der Kommandant oder Prinz wäre verschwunden. Wie Wilkie und Mitsui bestätigen können, erinnert man sich nach dem Erwachen an nichts mehr.«

»Warum wollen wir uns mit dem Prinzen zufriedengeben?« fragte Wilkie. »Wir könnten vier Trupps ausrüsten, zwei pro Wagen, und könnten dann zwölfmal in einer Nacht zuschlagen. Auf diese Weise ließen sich so viele wichtige Männer entführen, daß es ein richtiges Durcheinander gibt!«

»Hört sich gut an«, sagte Ardmore. »Vielleicht können wir diese Überfälle überhaupt nur einmal starten. Aber wenn der Schaden an der Spitze groß genug ist, führt das bestimmt zu einer gewissen Demoralisierung. Vielleicht gibt es auch einen allgemeinen Aufstand. Was ist los, Mitsui?«

Er hatte bemerkt, daß der Orientale das Gesicht zweifelnd verzogen hatte. Mitsui sagte zögernd: »Ich fürchte, das klappt nicht.«

»Glauben Sie, wir können sie so nicht entführen?«

»Nein. Mit einer Waffe, die durch alle Wände wirkt und einen Mann zu Boden zwingt, ohne daß er etwas merkt, besteht da kein Problem. Aber das Ergebnis wird anders ausfallen, als Sie es sich erwünschen.«

»Wieso?«

»Weil Sie keinen Vorteil erlangen. Niemand wird annehmen, daß Sie die panasiatischen Anführer gefangengenommen haben, sondern man vermutet sicher, daß jeder dieser Männer Selbstmord begangen hat. Die Folgen wären entsetzlich.«

Das war ein rein psychologischer Einwand, über den es keine Diskussion gab. Die anderen Männer konnten einfach nicht glauben, daß die PanAsiaten etwas unternehmen würden, wenn ihnen unmißverständlich klargemacht wurde, daß ihre Anführer nicht tot, sondern der Gnade von Weißen ausgeliefert waren. Schließlich war es ein Plan, der endlich einmal etwas in Bewegung brachte, und so stimmte Ardmore seiner Ausführung zu. Allerdings hatte er dabei ein ungutes Gefühl.

In den nächsten Tagen konzentrierte sich die Arbeit auf die Ausrüstung der Spähflieger. Scheer leistete Unglaubliches; manchmal war er achtzehn Stunden und länger auf den Beinen. Auch die anderen scheuten keine Arbeit, und sogar Calhoun kam von seinem hohen Roß herunter und erklärte sich bereit, an den Überfällen teilzunehmen. Thomas unternahm einen kurzen Erkundungsgang und informierte sich noch einmal genau über die Lage zwölf gut verteilter panasiatischer Befehlszentralen.

In diesen Tagen herrschte Hochstimmung in der Zitadelle, und über der Begeisterung für diesen Plan – die jeder andere Plan auch hervorgerufen hätte – verlor Ardmore sein ursprüngliches Vorhaben einer Sechsten Kolonne etwas aus den Augen.

Wie es sich herausstellte, sollte Mitsui recht behalten.

Der Fernsehempfänger und das Aufzeichnungsgerät waren regelmäßig in Gebrauch, damit alles festgehalten wurde, was die neuen Herrscher ihren Sklaven mitzuteilen hatten. Die Männer hatten es sich überdies zur Angewohnheit gemacht, um zwanzig Uhr im Gemeinschaftsraum zusammenzukommen und die regelmäßige Sendung anzusehen, in der der Bevölkerung neue Befehle bekanntgegeben wurden. Ardmore unterstützte diese Angewohnheit; die sich daraus ergebende ›Haßdiskussion‹ war seiner Meinung nach gut für die Moral.

Zwei Abende vor den Überfällen waren sie wie üblich versammelt. Das breite Gesicht des Propaganda-Offiziers, der die Sendungen gewöhnlich leitete, verschwand schon nach einer kurzen Ansage wieder vom Schirm. Statt dessen wandte sich ein älterer PanAsiate an die Bevölkerung, der als »himmlischer Hüter des Friedens und der Ordnung« angekündigt worden war. Er kam sehr schnell zur Sache. Die amerikanische Dienerschaft eines Provinzbefehlshabers hatte das unverzeihliche Verbrechen begangen, gegen ihre weisen Herrscher zu rebellieren, und hatte die geheiligte Person ihres Befehlshabers in seinem eigenen Palast gefangengesetzt. Die Soldaten des Himmlischen Herrschers hatten die Wahnsinnigen niedergekämpft, wobei zum größten Bedauern aller der Abgesandte des Herrschers sich zu seinen Vorfahren versammelt hatte.

Es wurde eine sofortige Trauerzeit angekündigt, die dadurch besonderes Gewicht erhalten sollte, daß das Volk der betreffenden Provinz die Sünden ihrer Artgenossen sühnen mußte.

Auf dem Bildschirm erschien eine riesige Menschenmenge, die hinter Stacheldraht zusammengepfercht war. Eine Nahaufnahme enthüllte das Leid auf den Gesichtern, zeigte die weinenden Kinder, die Mütter mit ihren Babys, die hilflosen Väter.

Die Kamera schwenkte über die unendlich scheinende Menschenmasse hin, die dichtgedrängt stand, und konzentrierte sich dann auf einen Abschnitt.

Die PanAsiaten setzten Epilepsie-Strahlen ein, und es war, als hätte man Zehntausenden von Riesenküken im gleichen Augenblick den Hals umgedreht und sie in einen Hühnerhof geworfen, wo sie ihre Todeszuckungen durchmachen sollten. Körper wurden von knochenbrechenden Anfällen geschüttelt und in die Luft geworfen. Mütter warfen ihre Kinder fort oder zerquetschten sie mit unkontrollierbarem, spastischen Zuckungen.

Das Bild wechselte und zeigte wieder das ruhige Gesicht des asiatischen Würdenträgers. Mit scheinbarem Bedauern in der Stimme verkündete er, daß bloße Strafe nicht genüge, daß in diesem Falle auch ein erzieherisches Exempel statuiert werden müsse und daß jeder Tausendste im Lande zu sterben hätte.

Ardmore rechnete hastig nach. Zweihunderttausend Menschen! Das war unglaublich! Hastig schaltete er den Empfänger ab. »Die Überfälle finden nicht statt!« sagte er. »Sie alle gehen jetzt zu Bett. Und jeder nimmt eine Schlaftablette! Das ist ein Befehl!«

Die Männer standen widerspruchslos auf. Als sie gegangen waren, schaltete Ardmore das Gerät wieder ein und verfolgte die Sendung bis zum bitteren Ende. Hinterher saß er lange vor dem stummen Gerät und versuchte sich wieder zu fassen. An ein Schlafmittel für sich dachte er nicht.

4

In den nächsten zwei Tagen hielt sich Ardmore abseits, aß in seinem Quartier und ließ sich nur auf ganz kurze Gespräche ein. Er erkannte seinen Irrtum in aller Deutlichkeit. Die Tatsache, daß das Massaker auf den Fehler eines anderen zurückzuführen war, tröstete ihn dabei nur wenig; symbolisch fühlte er sich schuldig.

Aber das Problem war noch dasselbe. Er wußte jetzt, daß er mit seiner Forderung nach einer Sechsten Kolonne recht gehabt hatte. Er mußte eine Streitmacht schaffen, die nach außen hin den Forderungen der neuen Herrscher entsprach, die jedoch die Möglichkeit in sich barg, irgendwann einmal den Umsturz herbeizuführen. Auch wenn es Jahre dauerte – der entsetzliche Fehler eines direkten Vorgehens dürfte nicht noch einmal gemacht werden.

Er wußte intuitiv, daß Thomas' Bericht die Lösung enthielt. Immer wieder hörte er sich das Tonband an. »Systematisch wird die amerikanische Kultur ausgelöscht. Es gibt keine Schulen mehr, keine Zeitungen. Es ist ein Kapitalverbrechen, etwas in Englisch zu drucken. Man hat einen Übersetzungsdienst eingerichtet, der sämtliche Geschäftskorrespondenz in die panasiatische Sprache überträgt – zwischenzeitlich wird die gesamte Post zensiert. Alle Treffen außer religiösen Zusammenkünften sind verboten.«

»Ich vermute, das ist ein Ergebnis der in Indien gesammelten Erfahrungen. So werden die Sklaven ruhig gehalten.« Das war seine eigene Stimme, die aus dem Lautsprecher klang.

»Das nehme ich auch an. Es scheint eine historische Tatsache zu sein, daß alle Imperien die örtlichen Religionen toleriert haben, auch wenn sie sonst die Unterdrücker waren. Meiner Meinung nach ist der wirkliche Pluspunkt des panasiatischen Systems die Registration. Offensichtlich ist diese Bestimmung vordringlich verwirklicht worden, so daß die Vereinigten Staaten nun ein einziges riesiges Gefangenenlager sind, in dem man sich kaum bewegen oder miteinander in Verbindung setzen kann.«

Worte und immer nur Worte! Er hatte das Band jetzt schon so oft abgespielt, daß die Bedeutung der Sätze fast untergegangen war. Vielleicht konnte ihm der Bericht doch nicht weiterhelfen.

Thomas klopfte und trat ein. »Man hat mich gebeten, mit Ihnen zu sprechen«, sagte er zögernd.

»Worüber?«

»Die anderen sind im Gemeinschaftsraum zusammengekommen und würden gern mit Ihnen sprechen.«

Also wieder eine Konferenz – diesmal allerdings nicht auf seinen Wunsch.

Als er den Raum betrat und am Kopfende des Tisches Platz nahm, spürte er sofort die veränderte Atmosphäre. »Nun?« fragte er und wartete.

Brooks sah sich um, räusperte sich und sagte: »Äh, wir wollten Sie fragen, ob Sie vielleicht einen konkreten Plan haben.«

»Nein, noch nicht.«

»Dann haben *wir* einen Plan!« schaltete sich Calhoun ein.

»Ja, Colonel?«

»Es hat keinen Sinn, hier zu hocken und nichts zu tun. Wir haben die stärksten Waffen, die es je auf der Welt gegeben hat, aber sie müssen eingesetzt werden.«

»Und?«

»Wir werden die Zitadelle evakuieren und nach Südamerika gehen! Dort finden wir sicher eine Regierung, die sich für die Waffen interessiert.«

»Was würde das den Vereinigten Staaten nützen?«

»Ganz klar – das Imperium hat die Absicht, seinen Einflußbereich auf die ganze Hemisphäre auszudehnen. Wir können die Südamerikaner bestimmt für einen Präventivkrieg interessieren. Oder vielleicht ließe sich auch aus den Flüchtlingen eine Armee zusammenstellen.«

»Nein!«

»Ich fürchte, Sie werden an dem Entschluß auch nichts mehr ändern, Major.« In Calhouns Stimme schwang Befriedigung.

Ardmore wandte sich an Thomas. »Stecken Sie da mit drin?«

»Ich hatte gehofft, Sie würden einen besseren Plan vorlegen, Sir«, sagte Thomas bedrückt.

»Und Sie, Dr. Brooks?«

»Eine Möglichkeit wäre es. Mir geht es so wie Thomas.«

»Graham?«

Der Mann antwortete durch sein Schweigen. Wilkie sah kurz auf und blickte dann zur Seite.

»Mitsui?«

»Ich gehe wieder nach draußen. Habe da noch etwas zu erledigen.«

»Scheer?«

In Scheers Gesicht zuckte es. »Ich halte zu Ihnen, Sir.«

Eine kurze Stille trat ein.

»Danke.« Er wandte sich an die übrigen. »Ich habe nein gesagt und bleibe auch dabei. Wenn einer von Ihnen unerlaubt die Zitadelle verläßt, ist das Desertion. Das gilt auch für Sie, Thomas! Ich möchte das hier eindeutig klarstellen. Was Sie da planen, ist auch nichts anderes als die Überfälle, die ich gestoppt habe. Solange Menschen unseres Landes in der Gewalt der PanAsiaten sind, ist an eine direkte militärische Intervention nicht zu denken! Dabei ist es egal, ob der Angriff von innen oder von außen kommt – Tausende, vielleicht Millionen von Unschuldigen würden dafür mit dem Leben bezahlen!«

Er war jetzt sehr aufgebracht, doch trotz seiner Erregung versäumte er es nicht, auf die Wirkung seiner Worte zu achten. Er hatte sie fast wieder im Griff – alle bis auf Calhoun.

»Nehmen wir einmal an, Sie haben recht, Sir«, sagte Brooks langsam, »könnten wir dann überhaupt etwas tun?«

»Ich hab's Ihnen schon einmal erklärt. Wir müssen so etwas wie eine ›Sechste Kolonne‹ bilden, die behutsam ihre Arbeit aufnimmt, die die schwachen Stellen der PanAsiaten studiert und sie bearbeitet.«

»Ich verstehe. Vielleicht haben Sie recht. Vielleicht gibt es keine andere Möglichkeit. Aber dazu wäre eine Geduld erforderlich, die vielleicht nur Götter aufbrächten.«

Er hatte es fast! Himmel, was war es nur?

»Sie hätten Prediger werden sollen, Major Ardmore«, sagte Calhoun höhnisch. »Wir wollen aber etwas unternehmen!«

Das war es! Das war es!

»Sie haben fast recht«, erwiderte Ardmore. »Haben Sie sich Thomas' Bericht genau angehört?«

»Allerdings.«

»Erinnern Sie sich an die eine Bedingung, unter der sich Weiße noch organisieren können?«

»Äh, nein – ich wüßte nicht, daß da überhaupt . . .«

»Ich hab's!« fiel Thomas ein. »Die Kirchen!«

Ardmore wartete einen Augenblick, damit die Bedeutung des Gesagten klar wurde, und fuhr leise fort: »Hat jemand die Möglichkeit bedacht, daß wir eine neue Religion gründen?«

Verblüfftes Schweigen herrschte in der Runde. Dann sagte Calhoun: »Der Mann ist verrückt geworden!«

»Beruhigen Sie sich, Colonel«, sagte Ardmore leise. »Ich nehme Ihnen diese Bemerkung nicht übel. Es hört sich allerdings verrückt an, von der Gründung einer neuen Religion zu sprechen, wenn wir im Grunde eine militärische Aktion gegen die PanAsiaten planen. Aber überlegen Sie einmal: Wir brauchen eine Organisation, die eine Kampfausbildung vornehmen kann – dazu ein Kommunikationssystem, mit dem der ganze Einsatz zu koordinieren ist. Das alles muß unter den Augen der PanAsiaten geschehen, ohne daß sie auf uns aufmerksam werden. Wenn wir eine religiöse Sekte wären, ließe sich das alles machen.«

»Das ist lächerlich! Ich will nichts damit zu tun haben!«

»Bitte, Colonel! Wir brauchen Sie dringend. Zum Beispiel für das Kommunikationssystem. Stellen Sie sich einmal vor, in jeder größeren Stadt gäbe es einen Tempel, der mit den anderen und mit der Zitadelle als Zentrale laufend in Verbindung steht.«

Calhoun schnaubte verächtlich. »Ja, und die Asiaten hören alles in Seelenruhe ab!«

»Deshalb brauchen wir Sie, Colonel Calhoun! Könnten Sie nicht ein Funksystem schaffen, das abhörsicher ist – etwa in einem der zusätzlichen Spektren?«

Calhoun schnaubte erneut. »Aber selbstverständlich könnte ich das. Das gäbe keine Schwierigkeit.«

»Eben deshalb sind Sie und Ihr Genie äußerst wichtig für uns.« Ardmore stöhnte innerlich; das war ja schlimmer als das Entwerfen von Werbetexten! »Sie müssen uns die Wunder ermöglichen, die eine Religion braucht – ja, Wunder! Sie werden Aufgaben gestellt bekommen, die selbst Ihr Genie voll in Anspruch nehmen – Effekte, die die PanAsiaten unmöglich begreifen können und die sie deshalb für übernatürlich halten werden. Wie schnell könnten Sie uns ein Funksystem schaffen, das überhaupt nicht geortet werden kann?«

»Das läßt sich unmöglich sagen – lange wird's jedenfalls nicht dauern. Ich begreife noch immer nicht, was Sie beabsichtigen, Major, aber ich werde mich mit der Sache beschäftigen, wenn Sie sie für so wichtig halten.« Er stand auf und verließ den Raum.

Ardmore atmete auf und wandte sich an die anderen.

»Kommen wir zu den weiteren Einzelheiten – das sind nur meine ersten Vorstellungen, mit denen Sie sich bitte weiter beschäftigen wollen, bis wir alle denkbaren Fehler- und Gefahrenquellen ausgeschaltet haben.

Wir werden nach außen hin eine evangelische Heilsreligion schaffen und versuchen, die Leute in unsere Gottesdienste zu lokken. Wenn wir sie erst einmal im Hause haben, können wir uns mit ihnen unterhalten, die Zuverlässigen heraussuchen und sie in unsere Armee aufnehmen. Vielleicht sollten wir sie zu einfachen Geistlichen machen. Unser Hauptanziehungspunkt wird die Mildtätigkeit sein – das ist Ihr Problem, Wilkie. Befassen Sie sich mit dem Umwandlungsprozeß und produzieren Sie soviel Edelmetall wie möglich – vorwiegend Gold –, damit wir ausreichend Barmittel zur Verfügung haben. Wir füttern die Armen und die Hungrigen – davon gibt es ja genug! – und haben auf diese Weise bestimmt bald Zulauf.

Aber das ist noch längst nicht alles. Wir werden in großem Stil Wunder produzieren. Dabei wollen wir nicht nur die Bevölkerung beeindrucken – das ist gar nicht so wichtig –, sondern unsere Herrn und Meister verwirren. Wir werden Dinge tun, die sie nicht begreifen und die sie unsicher machen. Verstehen Sie mich richtig – wir werden nichts gegen die PanAsiaten unternehmen, sondern loyale Untertanen des Himmlischen Reiches sein; allerdings werden wir über Fähigkeiten verfügen, die die PanAsiaten nicht haben. Das ärgert sie sicher und macht sie nervös.« Das ganze Projekt nahm wie eine gut geplante Werbekampagne vor seinem inneren Auge Gestalt an. »Wenn wir endlich zum Zuschlagen bereit sind, sind sie demoralisiert, verängstigt und fast hysterisch.«

Seine Begeisterung begann auf die anderen Männer überzuspringen; aber der Plan bezog sich auf eine Gedankenwelt, die ihnen mehr oder weniger fremd war. »Vielleicht klappt es, Sir«, sagte Thomas, »aber wie wollen Sie die Sache in Gang bringen? Werden die Asiaten nicht mißtrauisch sein, wenn plötzlich eine neue Religion auftaucht?«

»Vielleicht – aber das halte ich nicht für wahrscheinlich. Die Asiaten stehen allen westlichen Religionen gleichermaßen fremd gegenüber. Sie wissen, daß wir Dutzende von Kirchenorganisationen haben, ohne nähere Einzelheiten zu kennen. Hier haben wir endlich einen Umstand, bei dem die radikale Isolierung der letzten Jahrzehnte von Vorteil ist. Unsere Sekte wird sich für die PanAsiaten überhaupt nicht von den zahlreichen anderen seltsamen Kulten unterscheiden, die über Nacht in Südkalifornien zu entstehen pflegen.«

»Aber wie machen wir den Anfang? Wir können doch nicht einfach losmarschieren, uns einen der gelben Bruschen schnappen und ihm sagen: ›Ich bin Johannes der Täufer!‹«

»Nein, das geht allerdings nicht. Aber darüber müssen wir uns eben Gedanken machen. Hat jemand schon einen Einfall?«

Es folgte ein konzentriertes Schweigen. Schließlich sagte Graham: »Warum fangen wir nicht einfach an und warten darauf, daß man uns bemerkt?«

»Wie meinen Sie das?«

»Nun, wir haben genügend Leute, um in kleinem Umfang anzufangen. Wenn wir uns irgendwo einen Tempel einrichten, könnte einer von uns der Priester und wir anderen die Jünger oder so etwas sein. Und dann warten wir, bis man auf uns aufmerksam wird.«

»Hmm, das ist vielleicht kein schlechter Gedanke, Graham. Aber wir sollten gleich so groß wie möglich ins Geschäft einsteigen. Wir alle werden Priester oder Ministranten sein, und ich schicke Thomas los, damit er uns aus seinen Freunden eine Gemeinde zusammenstellt. Nein – sie sollten uns lieber als Pilger besuchen. Am besten starten wir bei den Hobos eine Flüsterkampagne – ›Die Jünger kommen!‹«

»Und was soll das heißen?« fragte Scheer.

»Zuerst noch nichts – aber wenn die Zeit gekommen ist ... Graham, Sie sind doch Künstler. Sie müssen uns Priesterroben und Altäre und sonstige Insignien entwerfen – und auch das Innere und Äußere der Tempel.«

»Wo wollen wir denn den ersten Tempel errichten?«

»Ja, das ist die Frage. Er dürfte nicht zu weit entfernt sein, da wir die Zitadelle nicht räumen können. Wir brauchen sie noch als Stützpunkt und Laboratorium. Andererseits darf er nicht zu nahe sein, damit wir die PanAsiaten nicht auf unsere Bergkette aufmerksam machen.« Ardmore trommelte mit den Fingern auf die Tischplatte. »Das ist kein einfaches Problem.«

»Warum bauen wir den Tempel nicht einfach hier?« fragte Dr. Brooks.

»Wie?«

»Ich meine nicht, daß wir diesen Raum zum Tempel machen sollten – aber warum bauen wir ihn nicht einfach direkt über der Zitadelle? Das wäre sehr zweckmäßig.«

»Allerdings, Doktor, aber der Bau würde auch unnötige Aufmerksamkeit erregen und ... Moment – ich glaube, ich begreife, was Sie meinen.« Er wandte sich an Wilkie. »Bob, wie könnte man den Ledbetter-Effekt einsetzen, um die Existenz der Zitadelle geheimzuhalten, wenn der Zentraltempel hier direkt über uns stünde. Wäre das möglich?«

Wilkie schaute ihn verwirrt an. »Mit dem Ledbetter-Effekt nicht, aber ...«

»Es ist mir ganz egal, wie Sie das machen – mich interessieren nur die Ergebnisse! Okay, Sie kümmern sich also darum. Wir planen den Tempel hier unten, verschaffen uns das nötige Material und brechen dann im Eiltempo nach oben durch. Hat jemand eine Vorstellung, wie lange das dauern könnte? Ich muß sagen, daß ich bisher noch keine Erfahrungen auf dem Bausektor gesammelt habe.«

Wilkie und Scheer flüsterten kurz miteinander, dann sagte Scheer: »Machen Sie sich darum keine Sorgen, Chef. Das ist in erster Linie eine Frage der Energie, und da bietet sich schon eine Lösung. Sie haben ein Memorandum darüber auf Ihrem Tisch liegen. Es geht um die Traktor- und Druckstrahlen, die wir aus den ersten Ledbetter-Versuchen entwickelt haben.«

»Ja, Major«, fügte Wilkie hinzu. »Mit Traktor- und Druckstrahlen in einem Aggravitationsfeld ist das kein Problem. Wir werden zunächst ein Modell bauen, ehe wir mit der richtigen Arbeit anfangen.«

»Okay, Leute«, sagte Ardmore lächelnd. Ihn beflügelte die Aussicht auf die große Aufgabe, die vor ihnen lag. »So höre ich Sie gern reden! Die Besprechung ist beendet. Los, an die Arbeit. Thomas, kommen Sie mit.«

»Einen Moment, Chef«, sagte Brooks und folgte ihm. »Könnten wir nicht noch . . .?« Und eifrig beratschlagend verließen die Männer den Raum.

Trotz Scheers Optimismus bereitete der Tempelbau auf dem Berg über der Zitadelle unerwartete Schwierigkeiten. Keiner der Männer hatte Erfahrungen auf diesem Gebiet, und nur Thomas hatte schon einmal als Zimmermann auf einem Bau gearbeitet. Wilkie war ein brillanter Physiker und auch ein fähiger Ingenieur, soweit die Probleme mit seinem Hauptgebiet zu tun hatten. Aber er hatte noch keine Brücken gebaut oder Staudämme entworfen und hatte auch noch keine Gruppe schwitzender Bauarbeiter beaufsichtigt. Trotzdem fiel die Last der Verantwortung auf ihn.

Einige Tage später erschien er mit einer Rolle Zeichnungen in Ardmores Büro. »Hallo, Chef.«

»Setzen Sie sich, Bob. Was haben Sie für Sorgen? Wann fangen wir mit dem Bau an? Hier, sehen Sie – ich habe mir schon Gedanken gemacht, wie wir die Zitadelle tarnen. Könnten wir den Tempel vielleicht . . .«

»Entschuldigung, Chef, das läßt sich bestimmt berücksichtigen, aber ich muß zuerst noch mehr über den Grundentwurf wissen.«

»Wie? Das ist doch Ihr Problem.«

»Ja, Sir. Aber wie groß soll der Bau denn überhaupt sein?«

»Wie groß? Ich weiß nicht. Jedenfalls groß.« Ardmore machte eine umfassende Armbewegung. »Der Tempel muß Eindruck schinden.«

»Wie wär's mit fünf Meter Durchmesser?«

»Fünf Meter? Das ist doch lächerlich! Wir bauen hier keinen Erfrischungsstand, sondern den Zentraltempel einer großen Religion – natürlich stimmt das nicht, aber so müssen wir die Sache doch sehen! Der Bau muß den Leuten die Augen übergehen lassen. Wo liegen denn die Schwierigkeiten? Haben wir nicht genügend Material?«

Wilkie schüttelte den Kopf. »Nein, mit der Ledbetter-Umwandlung ist Baumaterial kein Problem. Wir könnten das Berggestein verwenden.«

»Das hatte ich auch angenommen – wir könnten große Granitbrocken aus dem Berg herausschälen und sie mit Traktor- und Druckstrahlen wie riesige Ziegelsteine aufeinanderschichten.«

»O nein!«

»Warum nicht?«

»Naja, technisch möglich ist es – aber wenn wir fertig sind, sieht das bestimmt nicht gut aus. Und überhaupt wüßte ich nicht, wie wir das überdachen sollten. Sie haben gesagt, daß ein Fünfmeter-Durchmesser nicht in Frage kommt . . .«

»Entschieden nicht! Haben Sie die Nordamerikanische Ausstellung besucht? Erinnern Sie sich an das Atomgebäude?«

»Ich habe Bilder davon gesehen.«

»Einen solchen Tempel will ich, so schmuck und eindrucksvoll – nur größer. Warum sind Sie denn auf fünf Meter festgelegt?«

»Weil wir höchstens eine Platte von zwei mal fünf Metern durch die Tür bekommen.«

»Dann bringen Sie sie doch durch den Fahrstuhl für die Spähflieger nach oben.«

»Daran habe ich auch schon gedacht; dann könnte die Platte zwar drei Meter breit sein – was sehr gut wäre –, aber wegen einer Krümmung im Korridor kämen wir nur auf eine Länge von viereinhalb Metern.«

»Hmm – können Sie mit Ihren Zauberstrahlen nicht auch schweißen? Ich hatte angenommen, daß wir den Tempel schrittweise hier unten bauen und dann oben zusammensetzen könnten.«

»Ja, das wäre möglich – aber wie groß soll der Tempel überhaupt werden?«

»So groß wie möglich.«

»Ja, aber wie groß genau?«

Ardmore sagte es ihm. Wilkie pfiff durch die Zähne. »Ich glaube schon, daß wir Wände von dieser Größe zusammenbekommen. Aber ich sehe noch keine Möglichkeit, das Ganze zu überdachen. Mit den uns zur Verfügung stehenden Mitteln geht das einfach nicht.«

Ardmore stand auf und legte eine Hand auf Wilkies Arm. »Lassen Sie sich dadurch nicht vom Ziel abbringen. Sicher fällt Ihnen noch etwas ein. Vergessen Sie nicht – der Tempel ist unser erster Schritt in die Öffentlichkeit. Es hängt viel davon ab. Wir dürfen nicht erwarten, auf unsere Herrscher Eindruck zu machen, wenn wir hier nur einen Würstchenstand hinstellen. Wir müssen den Tempel möglichst groß bauen – etwa so eindrucksvoll wie die Große Pyramide.«

Wilkie starrte ihn verwirrt an. »Ich werd's versuchen, Sir.«

Als Wilkie gegangen war, wandte sich Ardmore an Thomas. »Was halten Sie davon, Jeff? Verlange ich zuviel?«

»Ich habe mich eben gefragt, warum Sie dem Tempel soviel Bedeutung beimessen.«

»In erster Linie ist er eine vorzügliche Tarnung für die Zitadelle. Wenn wir mehr tun wollen, als nur hier zu sitzen und an Altersschwäche zu sterben, wird eine Zeit kommen, da hier viele Menschen verkehren. Unter diesen Umständen können wir unsere Ausgangsbasis nicht geheimhalten und brauchen daher einen offenkundigen Grund für unsere Anwesenheit, eine Tarnung. Und in einem Kirchengebäude herrscht immer Betrieb.«

»Das verstehe ich. Aber kann ein Gebäude mit einem freien Spann von Fünf Metern die Geheimtreppe nicht ebensogut tarnen?«

Ardmore preßte die Lippen zusammen. Verdammt – war er denn der einzige, der hier die Bedeutung einer guten Werbung erkannte? »Sehen Sie, Jeff, unser ganzes Unternehmen hängt davon ab, daß wir gleich von Anfang an den richtigen Eindruck machen. Wenn Kolumbus nur um einen Zehner gebeten hätte, wäre er wahrscheinlich aus dem Palast geflogen. Aber so bekam er die Kronjuwelen. Wir brauchen eine eindrucksvolle Fassade.«

»Sie haben wohl recht«, sagte Thomas nicht sehr überzeugt.

Einige Tage später baten Wilkie und Scheer um Erlaubnis, die Zitadelle zu verlassen. Nachdem er sie zu äußerster Vorsicht ermahnt hatte, willigte Ardmore ein. Einige Stunden darauf traf er die beiden im Korridor vor den Labors. Sie mühten sich mit einem gewaltigen Granitbrocken ab. Scheer hielt ihn mit einem tragbaren Projektor für Traktor- und Druckstrahlen in der Schwebe, während Wilkie ein Seil um den großen Felsblock gebunden hatte und ihn wie eine Kuh führte. »Himmel!« sagte Ardmore. »Was ist denn das?«

»Ein Stück Berg, Sir.«

»Das sehe ich. Aber was wollen Sie damit?«

Wilkie gab sich geheimnisvoll. »Major, hätten Sie später etwas Zeit? Wir haben Ihnen vielleicht etwas zu zeigen.«

»Na, offenbar wollen Sie mir jetzt noch nichts sagen. Gut, ich komme.«

Später rief ihn Wilkie an und bat ihn herunterzukommen. Als er mit Thomas den Werkraum erreichte, waren außer Calhoun auch alle übrigen Bewohner der Zitadelle anwesend. Wilkie begrüßte sie und sagte: »Wenn es Ihnen recht ist, fangen wir jetzt an, Major.«

»Seien Sie nicht so förmlich. Wollen wir nicht auf Colonel Calhoun warten?«

»Ich habe ihn eingeladen, aber er hat abgelehnt.«

»Na, dann los.«

»Jawohl, Sir«, Wilkie wandte sich an die anderen. »Dieses Granitstück stellt die Bergspitze über uns dar. Los, Scheer.«

Wilkie postierte sich hinter einem Ledbetter-Projektor. Scheer bediente ein zweites Gerät, das mit einer Visiereinrichtung und anderen Zusatzgeräten ausgerüstet war, die Ardmore nicht deuten konnte. Scheer drückte auf einige Knöpfte, und ein dünner Lichtstrahl wurde sichtbar.

Scheer benutzte ihn wie eine Säge und schnitt das obere Stück des Felsbrockens ab; Wilkie fing es mit seinen Traktor- und Druckstrahlen auf und schwenkte es zur Seite; dann arretierte er die Kontrollen und ließ es hängen. An der Schnittstelle war der Hauptstein glatt wie ein Spiegel. »Das ist das Fundament des Tempels«, erklärte Wilkie.

Scheer setzte seine Schneidearbeit fort, wobei er seinen Projektor nach Belieben um den Block herumführte. Er schrägte die Fläche quadratisch ab, so daß sie die Oberseite einer vierseitigen, abgeschnittenen Pyramide bildete. Dann begann er Stufen in eine der schrägen Flächen zu schneiden. »Das reicht, Scheer«, befahl Wilkie. »Machen wir eine Wand. Aber zuerst müssen wir die Oberfläche versiegeln.«

Scheer justierte seinen Projektor. Diesmal war ein Strahl nicht zu sehen, doch die flache Oberfläche wurde abrupt schwarz. »Kohlenstoff«, verkündete Wilkie, »wahrscheinlich Industriediamanten. Das ist unsere Arbeitsbank. Okay, Scheer.« Wilkie schwenkte das abgetrennte Felsstück wieder über den ›Tisch‹, Scheer trennte ein Stück ab, das sofort zerschmolz, auf die Ebene tropfte und sich dort bis zu den Rändern ausbreitete; das Material hatte jetzt einen weißen metallischen Schimmer. Während des Abkühlens begradigte Scheer die Kanten und wölbte sie mit Hilfe seiner Druckstrahlen hoch, so daß der Guß eine flache quadratische Wanne von zwei Zentimetern Tiefe bildete. Wilkie schwenkte das Gebilde zur Seite und ließ es in der Luft hängen.

Der Vorgang wiederholte sich und ergab diesmal keine Wanne, sondern nur eine flache Platte. Wilkie ließ die Platte verschwinden und brachte die Wanne wieder auf das Podest.

Wieder führte er das abgetrennte Felsstück über den Block. Scheer spaltete einen Brocken ab, ließ ihn in die Wanne fallen und richtete dann einen Strahl darauf. Das Gestein schmolz und breitete sich in der Wanne aus. »Granit ist praktisch Glas«, berichtete Wilkie, »und da wir Schaumglas brauchen, bringen wir bei diesem Vorgang keinen Umwandlungsprozeß in Gang, sondern bestrahlen das Material nur ein bißchen, um die Gase darin zum Schäumen zu bringen. Einen Schuß Stickstoff, Scheer.« Der Master Sergeant nickte und bestrahlte die Masse einen Sekundenbruchteil lang; sie begann aufzugehen wie Zuckerwatte, füllte die Wanne bis zum Rand und erstarrte.

Wilkie holte die in der Luft hängende Platte heran und senkte sie als Deckel auf die Wanne. Nachdem einige Ungleichmäßigkeiten berichtigt waren, wanderte Scheer mit dem Projektor um das Gebilde herum und schweißte den Deckel fest. Wilkie richtete das fertige Gebilde auf, so daß es am Rande der quadratischen Fläche stand, und arretierte die Kontrollen seines Projektors. Dann ging er an das andere Ende des Raumes, wo eine Plane etwas verdeckte.

»Um die Sache etwas abzukürzen und in Übung zu kommen, haben wir schon vier solche Wände gemacht«, erklärte er, entfernte die Plane und enthüllte einen Stapel gleichartiger Sandwich-Wände. Er faßte sie nicht an; Scheer hob sie nacheinander auf die Grundfläche und benutzte sie zum Bau eines Würfels auf dem Podest, wobei er die bereits stehende Seite mit einbezog. Wilkie kehrte an seinen Projektor zurück und hielt das Gebilde zusammen, während Scheer die Kanten verschweißte. »Scheer ist viel genauer als ich«, erklärte er. »Deshalb muß er immer die schwierige Arbeit machen. Okay, Scheer. Was ist mit der Tür?«

»Wie groß?« fragte der Sergeant, der überhaupt zum erstenmal den Mund aufmachte.

»Gebrauchen Sie Ihren gesunden Menschenverstand. Zwanzig Zentimeter würde ich sagen.«

Scheer schnitt eine rechteckige Öffnung in die Würfelseite über dem Hang mit der angefangenen Treppe. Als er fertig war, verkündete Wilkie: »Da haben Sie Ihren Tempel, Chef.«

Der ganze Vorgang war abgeschlossen, ohne daß der Felsbrokken oder die daraus gewonnenen Bauteile von Menschenhand berührt worden waren. Der Applaus, der jetzt durch den Raum dröhnte, war ohrenbetäubend. Wilkie errötete, und Scheer biß die Zähne zusammen. Die Männer drängten sich um das Modell. »Ist es ›heiß‹?« fragte Brooks.

»Nein«, antwortete Mitsui. »Ich hab's angefaßt.«

»Nein, so habe ich das nicht gemeint.«

»Nein, es ist nicht ›heiß‹«, versicherte Wilkie. »Beim Ledbetter-Prozeß gibt es so etwas nicht. Stabile Isotope von Anfang bis Ende.«

Ardmore richtete sich auf. »Ich nehme an, daß Sie das jetzt draußen wiederholen wollen.«

»Wenn es Ihnen recht ist, Major. Natürlich könnten wir hier unten kleinere Wandstücke machen und das Ganze oben zusammenbauen, aber ich bin sicher, daß das genausolange dauern würde, wie wenn wir von Anfang an im großen Stil arbeiten. Und dann das Dach . . .«

»Ich lasse Ihnen da freie Hand. Sie verstehen Ihr Handwerk.«

»Natürlich ist damit die Arbeit noch nicht getan«, sagte Wilkie. »In so kurzer Zeit bekommen wir das nie fertig. Das ist ja nur der Rohbau. Ich weiß nicht, wie lange wir noch für die Ausstattung brauchen.«

»Ausstattung?« fragte Graham. »Wenn Sie eine so herrlich einfache Form haben, warum wollen Sie die Wirkung durch irgendwelche Dekorationen herabmindern? Ein Würfel ist das denkbar schönste geometrische Symbol.«

»Da muß ich Graham zustimmen«, kommentierte Ardmore. »Das wäre wirklich ein Tempel. Nichts ist eindrucksvoller als eine große, ungebrochene Fläche. Wenn man so etwas Einfaches und Wirkungsvolles hat, soll man es nicht verschandeln.«

Wilkie zuckte die Achseln. »Das kann ich nicht beurteilen. Ich hatte nur angenommen, daß Sie etwas Exquisites wollten.«

»Aber das Modell da ist exquisit. Mir ist noch etwas aufgefallen, Bob. Ich will Sie nicht kritisieren – nichts liegt mir ferner! –, aber sagen Sie mir mal, was hat Sie nach draußen gezogen! Warum sind Sie nicht einfach in einen der unbenutzten Räume gegangen, haben die Wandverkleidung gelöst und sich einen Granitbrocken direkt aus dem Berg geholt?«

Wilkie starrte ihn verblüfft an. »Daran habe ich überhaupt nicht gedacht!«

5

Langsam flog die Helikopter-Patrouille über die Berge dahin. Der panasiatische Leutnant, der den Befehl führte, studierte eine erst kürzlich erstellte Karte und bedeutete dem Piloten, die Maschine schweben zu lassen.

Ja, da war es – ein großes, würfelförmiges Gebäude, das sich aus dem Hang eines Berges erhob. Eine kartographische Überprüfung des Himmlischen Westreiches hatte eine Abweichung von den früheren Unterlagen ergeben, und er sollte die Angelegenheit jetzt untersuchen.

Der Leutnant war gelangweilt. Er hielt diese Aufgabe für reine Routine. Obwohl das Gebäude in den Unterlagen des Verwaltungsbezirks nicht verzeichnet gewesen war, brauchte das nichts Ungewöhnliches zu bedeuten. Das neu eroberte Gebiet war außerordentlich groß, und die Ureinwohner waren derart undiszipliniert und unorganisiert – ein Charakteristikum aller unwürdigen Rassen –, daß ihre Unterlagen nichts taugten. Es mochte Jahre dauern, bis dieses wilde Land bis in die letzten Details richtig erfaßt und registriert war, zumal sich das anämische amerikanische Volk den Vorteilen der Zivilisation so kindisch widersetzte.

Ja, es war eine schwierige und zeitraubende Arbeit, die vielleicht sogar mehr Zeit in Anspruch nehmen würde als die Eingliederung Indiens. Er seufzte. Heute hatte er einen Brief von seiner Hauptfrau erhalten, die ihn informierte, daß ihm seine zweite Frau einen Sohn geboren hatte. Sollte er jetzt beantragen, als ständiger Kolonist neu eingestuft zu werden, damit er seine Familie nachkommen lassen konnte – oder sollte er um einen Urlaub bitten, der schon lange fällig war?

Aber solche Gedanken waren eines Mannes im Dienst des Himmlischen Herrschers unwürdig! Er sagte sich die Sieben Prinzipien der Kriegsrasse auf und deutete auf eine Wiese, die für eine Landung geeignet war.

Von unten wirkte das Gebäude noch eindrucksvoller – ein gleichmäßiger, schimmernder Würfel, dessen Kantenlänge ganze zweihundert Meter betrug. Die ihm zugewandte Seite leuchtete einfarbig smaragdgrün, und er konnte ein Stück der rechten Wand erkennen, die goldfarben glänzte.

Seine Abteilung verließ unter ihm den Hubschrauber, gefolgt von dem Bergführer, der von den PanAsiaten zum Mitkommen gezwungen worden war. Er wandte sich in Englisch an den Weißen:

»Hast du das Gebäude schon einmal gesehen?«

»Nein, Herr.«

»Warum nicht?«

»In diesem Teil der Berge kenne ich mich nicht aus.«

Wahrscheinlich log der Mann, aber es hatte sowieso keinen Zweck, ihn zu bestrafen. »Los, führe uns.«

Langsam arbeiteten sie sich den Hang hinauf. Von dem riesigen Hügel führte eine Treppe herab, die noch breiter war als das Gebäude. Der Leutnant zögerte einen Augenblick, ehe er den Fuß auf die erste Stufe setzte. Ihm war irgendwie unwohl; ein Gefühl der Unruhe beschlich ihn, als wollte ihn eine innere Stimme vor einer großen Gefahr warnen.

Er betrat die erste Stufe. Ein klarer Ton hallte durch den Cañon, und kalte Furcht ergriff von ihm Besitz. Er sah, daß seine Männer unter dem gleichen Einfluß standen. Entschlossen tat er den nächsten Schritt, und ein zweiter Ton – etwas höher – echote durch das Tal.

Gleichmäßig stieg er die lange Treppe hinauf, und seine Männer folgten ihm zögernd. Ein bedächtiges und unendlich trauriges Largo erklang im Rhythmus seiner mühsamen Schritte – mühsam, weil die Treppenstufen ein kleines Stückchen zu breit und zu hoch waren, um ein bequemes Ausschreiten zu gestatten. Das Gefühl einer drohenden Katastrophe verstärkte sich mit jedem Schritt.

Am Ende der Treppe öffnete sich ein gewaltiges Portal, und im Tor erschien die Gestalt eines Mannes in einer bodenlangen smaragdgrünen Robe. Weißes Haar und ein weißer Bart rahmten ein Gesicht, das freundliche Würde ausstrahlte. Majestätisch trat die Gestalt vor und erreichte die oberste Treppenstufe zugleich mit dem Leutnant. Erstaunt stellte der PanAsiate fest, daß ein Heiligenschein um den Kopf des alten Mannes flackerte. Aber ihm blieb keine Zeit, sich darüber zu wundern, denn der Priester hob segnend die rechte Hand und sagte:

»Friede sei mit dir.«

Und der Wunsch erfüllte sich! Die bedrückende Furcht fiel von dem PanAsiaten ab, als hätte jemand einen Schalter betätigt. In seiner Erleichterung trat er diesem Mitglied einer unwürdigen Rasse mit einer Freundlichkeit gegenüber, die er sonst nur für seinesgleichen reservierte.

»Was ist das für ein Gebäude?«

»Sie stehen an der Schwelle des Tempels von Mota, dem Gott der Götter und des Alls!«

»Mota – hm.« An einen solchen Gott konnte er sich nicht erinnern, aber das wollte nichts besagen. Diese bleichhäutigen Wesen hatten tausend seltsame Götter. Sklaven brauchen nur Nahrung, Arbeit und ihre Götter – und von diesen drei Dingen ließ man die Götter am besten in Ruhe, wenn man keinen Aufstand riskieren wollte. »Wer sind Sie?«

»Ich bin nur ein demütiger Priester, Erster Diener Shaams, des Friedensgottes.«

»Shaam? Haben Sie nicht eben gesagt, Mota wäre Ihr Gott?«

»Wir dienen Gott Mota in sechs seiner tausend Erscheinungsformen. Sie dienen ihm auf Ihre Weise. Selbst der Himmlische Herrscher dient ihm. Ich diene dem Friedensgott.«

Das war schon fast Hochverrat und Blasphemie, überlegte der Leutnant. Aber die Götter hatten viele Namen, und der Eingeborene schien keine Schwierigkeiten machen zu wollen. »Gut, der Himmlische Herrscher gestattet Ihnen, Ihrem Gott zu dienen – aber ich muß diesen Ort inspizieren. Treten Sie zur Seite.«

Der alte Mann bewegte sich nicht. Bedauernd sagte er: »Es tut mir leid, Herr. Doch das ist nicht möglich.«

»Aber es geht nicht anders. Treten Sie zur Seite!«

»Bitte, Herr. Ich bitte Sie! Es ist nicht möglich, daß Sie den Tempel betreten. In diesen Erscheinungsformen ist Mota nur der Gott der Weißen. Sie müssen in Ihren eigenen Tempel gehen; diesen dürfen Sie nicht betreten. Nur Motas Anhänger haben Zutritt – allen anderen droht der Tod.«

»Sie drohen mir?«

»Nein, Herr, nein – wir dienen dem Himmlischen Herrscher, wie es unser Glaube erfordert. Aber Gott Mota verbietet eine Entweihung seines Tempels; ich kann Sie nicht retten, wenn Sie ihm nicht gehorchen.«

»Im Namen des Himmlischen Herrschers – lassen Sie mich durch!« Er schritt über die breite Terrasse auf das Portal zu, seine Soldaten im Gefolge. Wieder befiel ihn panische Angst, die sich verstärkte, je näher er dem Tor kam. Eine Faust schien sich um sein Herz zu schließen, und er verspürte das sinnlose Verlangen, die Flucht zu ergreifen. Durch die Tür sah er eine gewaltige leere Halle und auf der anderen Seite einen Altar, dessen Proportionen riesig waren, der in dem Saal jedoch winzig wirkte. Die Innenwände leuchteten rot, blau, grün und golden. Die Decke schimmernd in fleckenlosem Weiß, und der Fußboden war pechschwarz. Der Eindruck war überwältigend.

Er brauchte sich vor nichts zu fürchten, redete er sich ein. Diese unerklärliche Angst war nur eine Krankheit, die eines Kriegers unwürdig war. Er trat über die Schwelle. Ein Schwindel ergriff ihn, dann brach er zusammen.

Seine Männer sanken ebenfalls zu Boden.

Ardmore kam aus seinem Versteck. »Gute Arbeit, Jeff!« rief er. »Sie hätten Schauspieler werden sollen.«

Der alte Priester atmete erleichtert auf. »Danke, Chef. Was jetzt?«

»Das können wir uns in aller Ruhe überlegen.« Er wandte sich zum Altar und rief: »Scheer!«

»Ja, Sir?«

»Stellen Sie den Vierzehn-Hertz-Ton ab!« An Thomas gewandt, fuhr er fort: »Dieser unterschwellige Schallkram macht mich ganz kribbelig, obwohl ich doch Bescheid weiß. Ich hätte am liebsten laut losgebrüllt. Na, der Bursche dürfte auch ganz schön mitgenommen sein.«

»Ich hatte nicht damit gerechnet, daß er's bis zur Tür schafft«, sagte Thomas.

»Naja, jetzt haben wir den Tiger jedenfalls am Schwanz gepackt und müssen uns überlegen, wie wir ihn wieder loslassen.«

»Was ist mit ihm?« fragte Thomas und deutete mit dem Daumen auf den Bergführer, der noch immer auf der obersten Stufe stand.

»O ja.« Ardmore winkte den Mann heran, der nur zögernd näherkam. »Keine Angst, wir sind Weiße, das sehen Sie doch!«

»Ja, aber die Sache gefällt mir nicht«, erwiderte der Mann, kam aber trotzdem näher.

Ardmore sagte: »Wir führen hier nur ein kleines Theater für unsere gelben Brüder auf. Sie sind da mit hineingeschlittert und müssen jetzt mitmachen. Einverstanden?«

Inzwischen hatten sich auch die anderen Bewohner der Zitadelle eingefunden und umringten die Gruppe. Der Bergführer blickte von einem zum andern. »Sieht nicht so aus, als hätte ich eine Wahl.«

»Vielleicht nicht – aber wir hätten lieber einen Freiwilligen als einen Gefangenen. Jedenfalls dürfte es sehr interessant werden.

Wir wollen die asiatischen Bosse ein wenig hochnehmen – mit Gottes Hilfe und der Hilfe des großen Mota.«

Der Mann sah noch einmal in die Runde, streckte die Hand aus und sagte: »Ich mache mit.«

»Prima«, sagte Ardmore und ergriff seine Hand. »Wie heißen Sie?«

»Howe. Alexander Hamilton Howe. Meine Freunde nennen mich Alec.«

»Gut, Alec, was können Sie? Kochen?«

»Ein bißchen.«

»Graham, nehmen Sie diesen Mann unter Ihre Fittiche. Ich will mich später noch mit ihm unterhalten. Jetzt etwas anderes, Jeff – haben Sie nicht auch den Eindruck, daß der Bursche da nur sehr zögernd zu Boden gegangen ist?« Er berührte eine der regungslos daliegenden Gestalten mit dem Fuß.

»Ich glaube schon.«

»Gut – ich möchte, daß er überprüft wird, ehe wir sie wieder aufwecken. Wenn er Mongole ist, hätte er schneller umkippen müssen. Dr. Brooks, würden Sie mal bitte die Reflexe dieses Mannes überprüfen? Nehmen Sie keine Rücksicht.«

Es gelang Brooks in kurzer Zeit, Reaktionen zu erzielen. Ardmore bückte sich und preßte seinen Daumen auf den Nerv unter dem Ohr. Der Soldat krümmte sich in eine kniende Stellung. »Los, Kumpel – was haben Sie zu sagen?« Der Soldat starrte teilnahmslos ins Leere. Ardmore betrachtete einen Augenblick sein Gesicht und machte dann eine schnelle Handbewegung, die er vor den anderen mit seinem Körper abschirmte.

»Warum haben Sie das nicht gleich gesagt?« fragte der panasiatische Soldat.

»Ich muß schon sagen – eine ausgezeichnete Maske«, sagte Ardmore bewundernd. »Wie heißen Sie, und welchen Rang haben Sie?«

»Tätowierung und plastische Gesichtschirurgie«, erwiderte der andere. »Ich bin Captain Downer in der Armee der Vereinigten Staaten.«

»Ich heiße Ardmore. Major Ardmore.«

»Freut mich, Major.« Die Männer schüttelten sich die Hand. »Ich kann Ihnen gar nicht sagen, wie froh ich bin. Ich hänge schon seit Monaten in der Luft und hatte keine Ahnung, wo ich Bericht erstatten sollte.«

»Nun, ich kann Sie ganz bestimmt gebrauchen. Unsere Organisation ist noch sehr klein – aber darüber können wir noch später sprechen. Wir haben jetzt zu tun.«

Er wandte sich ab. »Nehmen Sie Ihre Positionen ein, meine Herren. Zweiter Akt. Bitte überprüfen Sie gegenseitig Ihre Masken. Wilkie, sorgen Sie dafür, daß Howe und Downer verschwinden. Wir werden jetzt unsere schläfrigen Gäste wieder zu sich bringen.«

Downer berührte Ardmore am Arm.

»Einen Augenblick, Major. Ich kenne Ihre Pläne nicht, aber ist es nicht vielleicht besser, wenn ich wie bisher weitermache?«

»Wie? Hmm – würden Sie das tun?«

»Ja, natürlich, wenn es Ihnen nützt«, erwiderte Downer ernst.

»Gewiß doch. Thomas, kommen Sie mal her.« Die drei Männer hielten eine kurze Konferenz ab und arrangierten einen Weg, wie Downer über die Hobos mit der Zitadelle Verbindung aufnehmen konnte, und Ardmore teilte ihm alles Nötige über die junge Organisation mit. »Viel Glück, mein Lieber«, sagte er schließlich. »Nun legen Sie sich wieder hin und spielen Sie den Toten.«

Thomas, Ardmore und Calhoun erwarteten den asiatischen Leutnant, als er wieder erwachte. »Gelobt sei Mota!« intonierte Thomas. »Der Herr lebt!«

Der Leutnant sah sich um, schüttelte den Kopf und griff nach seiner Waffe. Ardmore, der in der roten Robe Dis', des Gottes der Vernichtung, sehr eindrucksvoll wirkte, hob eine Hand. »Vorsicht, Herr, bitte! Ich habe meinen Gott Dis beschworen, Sie uns wiederzugeben. Erzürnen Sie ihn nicht schon wieder!«

Der Asiate zögerte und fragte dann: »Was ist geschehen?«

»Gott Mota hatte Sie zu sich genommen. Wir erflehten Ihr Leben von Tamar, der Göttin der Gnade, und unser Gebet wurde erhört. Gehen Sie in Frieden.«

An seinen Kontrollen verstärkte Scheer in diesem Augenblick die Intensität des Vierzehn-Hertz-Tons. Von namenloser Angst gepeinigt, verwirrt und ratlos, wählte der Leutnant den leichtesten Weg. Er versammelte seine Männer um sich und marschierte die breite Freitreppe hinab, begleitet von gewaltiger Orgelmusik.

»Das wär's«, sagte Ardmore, als die kleine Gruppe verschwunden war. »Die erste Runde ist an die Kinder Gottes gegangen. Thomas, ich möchte, daß Sie sofort in die Stadt marschieren – und zwar in voller Montur. Besuchen Sie den Distriktsbefehlshaber und reichen Sie eine formelle Beschwerde über Leutnant Gelbgesicht ein, der böswillig unsere heiligen Stätten betreten und unsere

Götter in Unruhe versetzt hat, und erbitten Sie die Zusicherung, daß so etwas nicht wieder vorkommt. Sie müssen dabei die ganze Zeit auf dem hohen Roß sitzen – seien Sie aufgebracht, aber auch sehr respektvoll gegenüber der irdischen Autorität.«

»Ich danke für das Vertrauen, das Sie in mich setzen«, sagte Thomas übertrieben ernst. Ardmore grinste ihn an.

»Ich weiß, daß das eine harte Aufgabe ist, mein Lieber, aber es hängt viel davon ab. Wenn wir uns die panasiatischen Vorschriften zunutze machen und uns sofort als anerkannte Religion durchsetzen können – wodurch wir die übliche Immunität erhalten würden –, haben wir den Kampf schon halb gewonnen.«

»Und wenn man nun nach meiner Registrationskarte fragt?«

»Verhalten Sie sich hinreichend arrogant – dann wird es nicht dazu kommen. Ich möchte die Leute frühzeitig an den Gedanken gewöhnen, daß jeder Mensch mit Stab und Robe und Heiligenschein sich allein schon durch seine Erscheinung ausweist. Das könnte uns später viele Mühen ersparen.«

»Ich werd's versuchen – aber versprechen kann ich nichts.«

»Sie werden's schon schaffen. Jedenfalls sind Sie so gut ausgerüstet, daß Ihnen praktisch nichts passieren kann. Lassen Sie Ihren Schutzschild eingeschaltet, wenn Sie in der Nähe von Pan Asiaten sind. Versuchen Sie ihn nicht zu erklären – die Burschen sollen einfach abprallen, wenn sie Ihnen zu nahe kommen. Es ist eben ein Wunder, das nicht erklärt zu werden braucht.«

»Okay.«

Der Bericht des Leutnants stellte seine Vorgesetzten ganz und gar nicht zufrieden. Auch er war nicht sehr glücklich damit. Er hatte das starke Gefühl, das Gesicht verloren zu haben, und die Worte seines kommandierenden Offiziers trugen nicht dazu bei, diesen Eindruck abzuschwächen. Der Leutnant erhielt einen Tadel und wurde an den örtlichen Abgesandten des Himmlischen Herrschers verwiesen.

Der Abgesandte, der militärische Befehlshaber eines Gebietes, das Denver und die Zitadelle mit einschloß, war über den Bericht des Leutnants ebenfalls wenig erfreut. »Wie konnten Sie es wagen, die heilige Stätte zu betreten? Diese Leute sind leicht erregbar wie Kinder. Ihr Handeln kann neue Attentate auf wertvollere Mitglieder unserer Streitmacht heraufbeschwören. Wir können nicht unbeschränkt weiter Sklaven opfern, um ein Exempel zu statuieren.«

»Ich bin Euer unwürdiger Diener, Herr.«

»Das bezweifle ich nicht. Sie können gehen.« Der Leutnant zog sich zurück, nicht um sich wieder seiner Familie anzuschließen, sondern um zu seinen Vorfahren einzugehen.

Der königliche Abgesandte wandte sich an seinen Adjutanten. »Wahrscheinlich wird sich diese Sekte an uns wenden. Sorgen Sie dafür, daß die Leute beruhigt werden, und sichern Sie Ihnen eine friedliche Ausübung ihrer Religion zu. Lassen Sie die Besonderheiten der Sekte feststellen und geben Sie Anweisung, daß man ihre Anhänger überall zuvorkommend behandeln soll.« Er seufzte. »Diese Wilden und ihre falschen Götter! Ich bin ihrer bald überdrüssig! Und doch sind sie nötig – die Priester und Götter der Sklaven kämpfen immer auf der Seite der Herren – das ist ein Naturgesetz.«

»Sie sagen es, Sir.«

Ardmore war sehr erleichtert, als Thomas in die Zitadelle zurückkehrte. Trotz seines Vertrauens in Jeffs Fähigkeiten und trotz Calhouns Zusicherung, daß der Schild bei richtigem Gebrauch den Träger vor allen denkbaren Angriffen schützen würde, war er doch sehr nervös gewesen.

»Willkommen daheim!« rief er und klopfte dem jungen Mann auf die Schulter. »Bin ich froh, Ihr häßliches Gesicht wiederzusehen. Wie war's? Erzählen Sie!«

»Lassen Sie mir noch Zeit, diesen verdammten Bademantel auszuziehen. Haben Sie eine Zigarette? Das ist das Dumme an unseren Rollen – Heilige rauchen nicht.«

»Natürlich – hier. Haben Sie schon gegessen?«

»Ich könnte wieder etwas vertragen.«

Ardmore setzte sich mit der Küche in Verbindung und gab eine Bestellung auf. Dann fragte er. »Nun, was hat Rotkäppchen zu dem großen bösen Wolf gesagt?«

»Sie werden's kaum glauben, Chef, aber ich hatte überhaupt keine Schwierigkeiten. Als ich die Stadt erreichte, bin ich zum erstbesten panasiatischen Polizisten marschiert und hab' die segnende Pose eingenommen – Stab in der Rechten, die Linke in der Luft –, also ganz das Gegenteil von der demütigen Haltung, die von den Sklaven erwartet wird. Dann sagte ich: ›Friede sei mit Euch! Würde der Herr seinen Diener zum Gebäude der Regierung des Himmlischen Herrschers geleiten?‹

Ich glaube nicht, daß er viel Englisch konnte, doch mein Verhalten schien ihn zu verblüffen. Er holte jedenfalls ein anderes Gelbgesicht zur Verstärkung. Der zweite Bursche konnte mich besser verstehen, und ich wiederholte meine Bitte. Nach einigem Palaver führten mich die beiden schließlich zum Palast. Es war eine hübsche kleine Prozession – die beiden flankierten mich, und ich ging so schnell, daß ich ihnen immer ein bißchen voraus war.«

»Das ist gut«, sagte Ardmore.

»Ja, und dann kam die Überraschung. Ich erzählte meine Geschichte irgendeinem kleinen Beamten – und wurde dann sofort zum königlichen Abgesandten geführt!«

»Nicht möglich!«

»Das ist noch nicht alles! Ich gebe zu, ich war ziemlich ängstlich, aber ich sagte mir: ›Jeff, wenn du jetzt zu kriechen anfängst, kommst du hier lebend nicht wieder raus.‹ Ich wußte, daß ein Weißer vor hohen panasiatischen Offizieren in die Knie gehen soll, doch ich blieb stehen und ließ die gleiche Segnung vom Stapel wie schon auf der Straße. Und der Mann ließ es mir durchgehen! Er musterte mich von oben bis unten und sagte: ›Ich danke Ihnen für Ihre frommen Wünsche, heiliger Mann. Sie können näherkommen.‹ Er sprach übrigens ausgezeichnet Englisch.

Nun, ich berichtete ihm dann von dem Vorfall hier im Tempel – die offizielle Version, natürlich –, und er stellte mir ein paar Fragen.«

»Was für Fragen?«

»Zunächst wollte erwissen, ob meine Religion die Autorität des Herrschers anerkenne. Ich bejahte das und versicherte ihm, daß unsere Anhänger unbedingt gehalten seien, der irdischen Macht in allen irdischen Dingen zu gehorchen, aber daß unser Glaube von uns verlange, unseren wirklichen Göttern auf eigene Weise zu dienen. Dann hielt ich ihm einen langen theologischen Vortrag – über die tausend Gestalten Gottes. Ich sagte ihm, Gott in seiner Weisheit habe es für nötig befunden, den verschiedenen Rassen in verschiedenen Gestalten zu erscheinen, und so wären unsere sechs Götterbilder – Mota, Shaam, Mens, Tamar, Barmac und Dis – für die Weißen, so wie der Himmlische Herrscher eben eine Erscheinungsform für die Rasse des Herren wäre.«

»Wie hat er darauf reagiert?«

»Ich hatte den Eindruck, daß er das für eine sehr vernünftige Doktrin hielt – für Sklavenverhältnisse. Er fragte mich, was meine Kirche denn außer den Gottesdiensten täte. Ich sagte ihm, daß unser Hauptanliegen die Hilfe für die Armen und Kranken wäre – was ihm zu gefallen schien. Offenbar hat man Versorgungsprobleme.«

»Wieso?«

»Mit der Wirschaft des Landes liegt es ziemlich im argen, und da ist noch nichts wieder in Gang gekommen. Bei den vielen Gefangenen, die versorgt werden müssen, kann ich mir vorstellen, daß man eine Organisation willkommen heißt, die sich dieser Probleme annimmt.«

»Hmm. Sonst noch etwas?«

»Nicht mehr viel. Ich versicherte noch einmal, daß es uns als geistlichen Führern verboten wäre, politisch tätig zu werden, und er versicherte mir, daß wir künftig nicht mehr belästigt würden. Dann entließ er mich. Ich wiederholte meinen Segen, kehrte ihm den Rücken und marschierte davon.«

»Ich habe den Eindruck«, sagte Ardmore, »als hätten Sie dem Mann einen ganz schönen Bären aufgebunden.«

»Das würde ich nicht sagen. Der alte Bursche ist clever – er ist ein Staatsmann. Ich muß zugeben, daß er mich beeindruckt hat. Wir dürfen nicht vergessen, daß die PanAsiaten keine Dummköpfe sind. Sie haben die halbe Welt erobert und beherrschen Hunderte von Millionen Menschen. Wenn sie lokale Religionen tolerieren, so halten sie das sicher für vorteilhaft. Wir müssen dafür sorgen, daß sie in unserem Fall nicht anderer Meinung werden.«

»Das ist richtig. Wir dürfen sie nicht unterschätzen.«

»Ich war noch nicht ganz fertig. Ich wurde wieder von zwei Wächtern in Empfang genommen, die auch auf der Straße bei mir blieben. Ich tat so, als sähe ich sie nicht. Unterwegs kam ich über den Marktplatz, wo Hunderte von Weißen Schlange standen, um auf ihre Rationierungskarten Lebensmittel zu kaufen. Da kam mir der Gedanke, auszuprobieren, wie weit meine Immunität wohl ginge. Ich stieg auf eine Kiste und begann zu predigen.«

Ardmore pfiff durch die Zähne. »Himmel, Jeff, das hätten Sie nicht riskieren dürfen!«

»Aber Major – wir *müssen* etwas riskieren, und schlimmstenfalls hätten die PanAsiaten meine Predigt stoppen können.«

»Sie haben wahrscheinlich recht. Jedenfalls ist Kühnheit wohl tatsächlich das beste Mittel. Was ist passiert?«

»Meine Begleiter schienen zuerst völlig verblüfft und wußten nicht, was sie tun sollten. Ich machte also weiter und beobachtete sie aus den Augenwinkeln. Bald kam ein dritter hinzu, der nach kurzer Beratung wieder verschwand. Nach fünf Minuten kam er zurück und sah mir einfach zu. Ich vermute, daß er telefonisch um Anweisungen gebeten hat.«

»Und wie hat die Menge reagiert?«

»Die meisten waren von der Tatsache beeindruckt, daß sich ein Weißer über die Vorschriften der Herrscher hinwegsetzte und damit durchkam. Ich habe nicht viel aus meiner Rede gemacht. Das Leitwort war ›Die Jünger kommen!‹, und das habe ich mit dem üblichen allgemeinen Beiwerk ausgeschmückt. Ich ermahnte die Menge, sich ja brav zu verhalten und keine Angst zu haben, denn die Jünger würden kommen und die Hungrigen füttern und die Kranken heilen und die Trauernden trösten.«

»Nach diesen Versprechungen sollten wir die Arbeit so schnell wie möglich aufnehmen.«

»Darauf wollte ich noch zu sprechen kommen, Chef. Ich bin der Meinung, daß wir umgehend einen Tempel in Denver einrichten sollten.«

»Aber wir haben kaum genügend Leute, um uns schon so auszubreiten.«

»Sind Sie sicher? Ich möchte Ihnen nicht widersprechen, aber ich sehe keine Möglichkeit, Rekruten für unsere Armee zu gewinnen, wenn wir nicht zu den Rekruten gehen. Die Leute sind jetzt bereit für den Paukenschlag – Sie können sicher sein, daß heute abend jeder Weiße in Denver über den alten Burschen mit Heiligenschein spricht, der auf dem Markt gepredigt hat und den die Asiaten in Ruhe ließen.«

»Vielleicht haben Sie recht . . .« Ardmore gab sich noch zögernd.

»Ganz bestimmt sogar. Ich könnte mit Alec in die Stadt marschieren, ein geeignetes Tempelgebäude suchen und dann mit den Gottesdiensten beginnen. Zunächst kommen wir wohl mit den Energieladungen unserer Stäbe aus, und Scheer kann uns folgen und eine Energiestation in den Altar einbauen. Wenn die Sache erst einmal läuft, lassen wir Alec allein wirken. Er ist dann unser Priester in Denver.«

Während des Gesprächs waren die anderen nach und nach hinzugekommen. Ardmore wandte sich an Alec Howe.

»Was halten Sie davon, Alec? Glauben Sie, daß Sie priesterliche Töne anschlagen, Predigten halten und Wohltätigkeitsveranstaltungen und solche Sachen organisieren können?«

Der Bergführer antwortete nicht sofort.

»Ich glaube, ich möchte lieber bei meiner jetzigen Arbeit bleiben«, sagte er dann.

»Es wird bestimmt nicht schwer«, beruhigte ihn Ardmore. »Thomas und ich könnten Ihre Predigten schreiben. Ansonsten heißt es nur den Mund halten und die Augen öffnen – damit Sie uns möglichst viele geeignete Kandidaten schicken können.«

»Es geht nicht um die Predigten, Major. Das ginge schon. In meinen jungen Jahren war ich sogar Laienprediger. Aber ich kann diese falsche Religion einfach nicht mit meinem Gewissen vereinbaren. Ich weiß, daß wir damit ein gutes Ziel verfolgen, aber ich bleibe doch lieber in der Küche.«

Ardmore überlegte eine Zeitlang, ehe er dem Mann antwortete. »Alec, ich glaube, ich begreife Ihren Standpunkt, und ich würde niemanden zwingen wollen, gegen sein Gewissen zu handeln. Ganz sicher hätten wir auch nicht eine Religion als Tarnung gewählt, wenn wir einen anderen gangbaren Weg gesehen hätten. Und Ihr Glaube verbietet Ihnen doch nicht, Ihr Land zu verteidigen, oder?«

»Nein.«

»Ihre Arbeit als Priester dieser Kirche würde darin bestehen, den Hilflosen zu helfen. Das würde doch auch Ihrem Glauben entsprechen?«

»Natürlich – und eben deswegen könnte ich das nicht im Namen eines falschen Gottes tun.«

»Aber ist es ein falscher Gott? Glauben Sie wirklich, daß Gott sehr an dem Namen liegt, den wir ihm geben?« Ardmore machte sich klar, daß Calhoun dem Gespräch mit schlecht verhohlener Ungeduld folgte, und sagte hastig: »Alec, am besten denken Sie einmal darüber nach. Wir sprechen morgen noch einmal miteinander. Wenn Sie wirklich Bedenken haben, kann ich Sie bestimmt entlassen, so daß Sie nicht einmal mehr in der Küche . . .«

»So weit wollte ich gar nicht gehen, Major. Ich möchte nur . . .«

»Aber nein. Wenn das eine falsch ist, ist es das andere auch. Denken Sie einmal darüber nach.« Und er drängte den Mann hinaus, ehe er noch etwas sagen konnte.

Calhoun konnte nicht länger an sich halten. »Ich muß schon sagen, Major! Wollen Sie es sich zur Angewohnheit machen, angesichts militärischer Notwendigkeiten auf abergläubische Einwände einzugehen?«

»Nein, Colonel – aber dieser Aberglaube, wie Sie ihn nennen, ist in unserem Falle eine militärische Tatsache. Howes Fall ist das erste Beispiel für etwas, mit dem wir bestimmt zu tun bekommen – der Haltung der orthodoxen Kirchen gegenüber der von uns geschaffenen Religion.«

»Vielleicht«, sagte Wilkie, »hätten wir uns mehr nach den anderen Vorbildern richten sollen.«

»Vielleicht. Vielleicht. Ich habe schon daran gedacht, aber irgendwie wäre es mir komisch vorgekommen. Ich bin zwar kein regelmäßiger Kirchgänger, aber in der Rolle eines Pastors kann ich mich doch nicht vorstellen. Im Grunde habe ich da vielleicht die gleichen Bedenken wie Howe. Wir müssen die Einstellung der anderen Kirchen jedenfalls in Betracht ziehen und dürfen ihnen möglichst wenig auf die Zehen treten.«

»Vielleicht sollten wir uns bemühen, sie für uns einzunehmen, indem wir ihnen vorbehaltlos finanzielle Unterstützung gewähren. Hilfe wird überall gebraucht.«

»Ja, aber das ist nicht ungefährlich. Wenn irgend möglich, sollten wir versuchen, die Geistlichen anderer Religionen in unsere Armee aufzunehmen. Wir können sicher davon ausgehen, daß jeder mitmacht, der unsere Ziele erst einmal begriffen hat. Das Problem ist vor allen Dingen, festzustellen, wem man das ganze Geheimnis anvertrauen kann. Was nun Denver angeht – Jeff, wollen Sie sofort damit anfangen? Morgen?«

»Was ist mit Howe?«

»Ich glaube schon, daß er mitmacht.«

»Einen Augenblick, Major«, schaltete sich Dr. Brooks ein. »Ich würde empfehlen, noch ein oder zwei Tage zu warten, damit Scheer bei den Stabprojektoren noch gewisse Veränderungen vornehmen kann.«

»Was für Veränderungen?«

»Sie erinnern sich, wie wir bei den ersten Versuchen feststellten, daß der Ledbetter-Effekt auch eine sterilisierende Wirkung hat.«

»Ja, natürlich.«

»Deshalb hatten wir angenommen, daß wir den Kranken würden helfen können. Wie es sich herausstellt, haben wir unsere Möglichkeiten weit unterschätzt. Ich habe mich Anfang der Woche selbst mit Milzbrand infiziert . . .«

»Milzbrand! Um Gottes willen, Doktor, was hat Sie veranlaßt . . .«

Brooks wandte sich an Ardmore. »Aber es ging nicht anders«, erklärte er geduldig. »Die Versuche mit dem Meerschweinchen waren alle positiv, aber ganz ohne einen Versuch am Menschen kommen wir nicht aus. Wie ich sagte, infizierte ich mich also mit Milzbrand und wartete, bis die Krankheit richtig ausgebrochen war. Dann setzte ich mich den Ledbetter-Strahlen aus – im gesamten Spektrum mit Ausnahme der Wellenlängen, die für warmblütige Säugetiere gefährlich sind. Die Krankheit verschwand. In kaum einer Stunde war das natürliche Gleichgewicht zwischen Anabolismus und Katabolismus wieder hergestellt. Ich war gesund.«

»Ich lasse mich auffressen! Glauben Sie, daß das bei anderen Krankheiten ebenso schnell funktioniert?«

»Da bin ich ganz sicher. Das zeigen nicht nur meine anderen Tierexperimente, sondern auch ein weiteres, unerwartetes Ergebnis meines Eigenversuches. Wie Sie alle wissen, habe ich in letzter Zeit unter einer schweren Kopfgrippe gelitten. Die Bestrahlung heilte nicht nur den Milzbrand, sondern befreite mich auch von der Erkältung.«

»Ihre Mitteilung freut mich außerordentlich, Doktor«, sagte Ardmore. »Auf längere Sicht ist diese Entwicklung vielleicht von größerer Bedeutung für die menschliche Rasse als die militärischen Aspekte, die wir jetzt für so wichtig halten. Aber was hat das mit der Einrichtung unserer Kirche in Denver zu tun?«

»Nun, Sir, ich habe mir die Freiheit genommen, einen der Stabprojektoren durch Scheer ändern zu lassen, so daß jeder unserer Agenten als Arzt auftreten kann, auch wenn er nur den Stab bei sich hat. Ich dachte, daß Sie lieber warten würden, bis Scheer auch Thomas' und Howes Stäbe in entsprechender Weise umgestellt hat.«

»Wenn es nicht zu lange dauert . . . Darf ich die Änderung mal sehen?«

Scheer führte den Hirtenstab vor, an dem er gearbeitet hatte. Auf den ersten Blick unterschied er sich nicht von den anderen. Eine fast zwei Meter lange Stange, die in einem Schmuckwürfel von etwa zehn Zentimetern Kantenlänge auslief. Die Seiten des Würfels waren entsprechend den Tempelwänden getönt. Der Stab war über und über mit komplizierten Zierarabesken, Schriftzeichen und auch Bildern bedeckt, zwischen denen sich die Kontrollen der Energiequelle und des Projektors verbargen.

Scheer hatte das Äußere des Stabes nicht verändert, sondern

einen zusätzlichen internen Stromkreis eingefügt, der den Projektor nur in den für Wirbeltiere ungefährlichen Frequenzen strahlen ließ.

»Ich möchte vorschlagen«, sagte Brooks, »daß dieser neue Effekt unserer Göttin der Gnade, Tamar, zugeschrieben und ihr Licht eingeschaltet wird, wenn er zum Einsatz kommt.«

»Das ist eine gute Idee«, erwiderte Ardmore. »Künftig soll also der Stab nicht benutzt werden, ohne daß dazu das Licht des Gottes leuchtet, dessen Hilfe man in Anspruch nimmt. Sollen sich die PanAsiaten doch die Köpfe zerbrechen, wie ein einfaches Licht solche Wunder vollbringt.«

»Warum geben wir uns überhaupt mit solchem Mummenschanz ab?« fragte Calhoun. »Die PanAsiaten können unsere Energien sowieso nicht aufspüren.«

»Dafür gibt es sogar zwei Gründe, Colonel. Erstens wollen wir die PanAsiaten in die Irre führen, damit ihre wissenschaftlichen Bemühungen in die falsche Richtung zielen. Und zweitens ist die psychologische Wirkung auf den einfachen Menschen – weiß oder gelb – nicht zu unterschätzen. Der Amerikaner läßt sich von wissenschaftlichen Wundern nicht beeindrucken – er erwartet sie sogar. Aber wenn man die Show mit etwas Hokuspokus anreichert, fällt er sofort um. Das ist Werbung bester Schule.«

»Naja«, sagte Calhoun kurzangebunden. »Zweifellos müssen Sie das wissen; Sie haben ja eine große Erfahrung darin, die Öffentlichkeit an der Nase herumzuführen. Ich habe mit solchen Dingen nie zu tun gehabt, mir geht es um die Wissenschaft als solche. Wenn Sie mich nicht mehr brauchen, gehe ich jetzt – es gibt viel Arbeit . . .«

»Ich sehe nicht ein«, murmelte Ardmore, als Calhoun gegangen war, »warum die Massenpsychologie keine Wissenschaft sein soll. Aber das ist jetzt unwichtig, wir dürfen keine Zeit verlieren. Es geht um unsere Kirche in Denver. Hat jemand noch eine Idee?«

6

Wilkie sagte: »Ich bin froh, daß ich damit nichts zu tun habe. Ich wüßte nicht, wo ich anfangen sollte.«

»Oh, vielleicht haben Sie sogar eher damit zu tun, als Sie annehmen, Bob«, entgegnete Ardmore. »Wir alle müssen uns über kurz oder lang damit befassen. Verdammt – wenn wir nur ein paar Hundert zuverlässige Leute hätten! Aber wir sind nur neun.« Er blieb einen Augenblick still sitzen und trommelte mit den Fingern auf die Tischplatte. »Nur neun.«

»Sie werden Colonel Calhoun niemals dazu bringen, als Priester aufzutreten«, bemerkte Brooks.

»Na, dann eben nur acht. Jeff, wie viele größere Städte gibt es in den Vereinigten Staaten?«

»Und Frank Mitsui können Sie auch nicht verwenden«, sagte Brooks. »Da wir gerade dabei sind: Ich selbst wäre zwar durchaus willig, aber ich sehe trotzdem nicht, wie Sie mich einsetzen könnten. Ich habe vom Führen einer Kirche etwa soviel Ahnung wie vom Ballettanz!«

»Machen Sie sich keine Sorgen – ich bin da auch nicht beschlagener! Wir müssen uns eben auf unsere Eingebung verlassen. Zum Glück gibt es keine festen Regeln, wir können nach eigenem Ermessen vorgehen.«

»Aber wie sollen wir denn überzeugend wirken?«

»Das brauchen wir nicht, denn wir wollen uns ja keine Gläubigen heranziehen – die könnten uns sogar zur Last fallen. Wir müssen lediglich unsere Invasoren überzeugen, daß wir eine richtige Religion vertreten. Und das ist nicht schwer – von außen sieht jede Religion gleich lächerlich aus. Zum Beispiel . . .« Ardmore bemerkte Scheers Gesichtsausdruck und hielt inne. »Es tut mir leid, ich wollte hier niemandem auf den Schlips treten. Ich will damit nur sagen, daß wir tun können, was wir wollen, solange wir es eine religiöse Übung nennen und solange wir den PanAsiaten nicht in die Quere kommen. Aber wir müssen uns darüber klar werden, was wir wollen.«

»Ich mache mir auch weniger Sorgen um das Programm«, sagte Thomas. »In Denver habe ich nur große Reden geschwungen und nicht viel gesagt. Vielmehr kommt es darauf an, in den Städten auch wirklich Fuß zu fassen. Wir haben einfach nicht genügend Leute. Hatten Sie das im Sinn, als Sie mich fragten, wie viele größere Städte es im Lande gibt?«

»Ja. Wir können es nicht wagen, loszuschlagen, ehe wir nicht im ganzen Land vertreten sind. Wir müssen uns also auf einen langen Krieg einrichten.«

»Major, warum wollen Sie in jeder Stadt vertreten sein?« fragte Thomas. »Soweit ich bisher mitbekommen habe, unterhalten die PanAsiaten auch nicht in jeder Stadt einen Militär-Stützpunkt. Insgesamt gibt es nur etwa sechzig bis fünfundsiebzig Garnisonen. In den meisten anderen Orten ist so etwas wie ein kombinierter Steuereintreiber, Bürgermeister und Polizeichef eingesetzt, der dafür sorgen soll, daß die Befehle des königlichen Abgesandten ausgeführt werden. Er ist eine Art Militärpolizist, dessen Macht sich lediglich auf die Truppen und Waffen in den Garnisonstädten stützt.«

Ardmore nickte. »Ich verstehe. Sie meinen, wir sollten uns auf die besetzten Städte konzentrieren und alles übrige ignorieren. Aber Jeff – wir dürfen den Feind nicht unterschätzen. Wenn Gott Mota sich nur in den Städten sehen läßt, macht sich das eines Tages vielleicht seltsam in den Augen irgendeines panasiatischen Geheimdienstlers, der einmal die Statistiken durchsieht.«

»Aber wir werden schon kaum genügend Leute finden, die Tempel in den Garnisonstädten zu besetzen!«

Ardmore biß sich auf den Daumennagel und starrte sein Gegenüber stirnrunzelnd an. »Sie haben wahrscheinlich recht. Verflixt, wir kommen aber nicht weiter, wenn wir hier nur herumsitzen und uns Sorgen machen. Ich habe gesagt, daß wir nach eigenem Ermessen vorgehen müssen, und das werden wir tun. Zunächst geht es also darum, in Denver ein Hauptquartier einzurichten. Jeff, was brauchen Sie dazu?«

Thomas runzelte die Stirn. »Ich weiß nicht. Geld wahrscheinlich.«

»Kein Problem«, sagte Wilkie. »Wieviel? Ich mache Ihnen eine halbe Tonne Gold, wenn Sie wollen.«

»Ich glaube nicht, daß ich mehr als fünfzig Pfund tragen kann.«

»Aber Sie können doch keine Goldbarren nehmen – die lassen sich kaum einlösen«, wandte Ardmore ein. »Wir müßten Münzen machen.«

»Oh, ich brauche das Gold nur zur Landesbank zu bringen. Die Goldgräberei wird gern gesehen – auch wenn unsere Herren eine verdammt hohe Provision in Rechnung stellen!«

Ardmore schüttelte den Kopf. »Sie übersehen den Propagandaaspekt. Ein Priester in langer Robe holt nicht einfach Scheckbuch und Kugelschreiber hervor, das paßt nicht zu ihm. Ich möchte auch nicht, daß wir irgendwo ein Bankkonto einrichten; das würde dem Feind nur Einblick in unsere Transaktionen geben. Ich möchte, daß Sie stapelweise mit herrlichen Goldmünzen bezahlen. Das macht sicher großen Eindruck. Scheer, haben Sie Talent zum Geldfälschen?«

»Ich hab's noch nie versucht, Sir.«

»Jeder sollte sich rechtzeitig nach einem zweiten Beruf umsehen – jetzt ist Ihre Zeit gekommen. Jeff, Sie haben nicht zufällig eine Münze mitgebracht?«

»Aber muß es denn panasiatisches Geld sein?« schaltete sich Dr. Brooks ein.

»Wie?«

Der Biologe holte ein goldenes Fünfdollarstück aus der Tasche. »Hier ist ein Talisman, den ich seit meiner Jugend bei mir trage. Ich glaube, jetzt ist ein guter Moment, sich davon zu trennen.«

»Hmm, wie ist das, Jeff? Nimmt man amerikanisches Geld?«

»Das Papiergeld ist wertlos, aber Goldmünzen . . . Ich würde sagen, daß wahrscheinlich niemand etwas dagegen hat, solange es sich um Gold handelt.«

Der Master Sergeant betrachtete die Münze. »Läßt sich schnell machen, wenn wir die Stücke gießen. Sollen alle Güsse identisch sein?«

»Warum nicht?«

»Was ist mit dem Ausgabedatum, Sir?«

»Oh! Aber wir haben keine andere Vorlage! Wir können nur hoffen, daß niemand darauf achtet.«

»Sir, wenn Sie mir noch etwas Zeit lassen, kann ich etwa zwanzig Muster mit unterschiedlichen Jahreszahlen machen!«

»Scheer, Sie haben das Herz eines Künstlers! Machen Sie das. Aber wenn Sie schon einmal dabei sind, verändern Sie auch gleich die Kratzer und Abnutzungserscheinungen bei den einzelnen Gußformen.«

»Daran hatte ich schon gedacht, Sir.«

Ardmore grinste. »Ich sehe, daß wir seiner königlichen Schrecklichkeit bald Kopfzerbrechen bereiten werden. Noch irgendwelche Fragen?«

»Ja, Chef. Wie kommen wir nach Denver?«

»Nun, wir können nicht erwarten, daß uns der Abgesandte einen Hubschrauber zur Verfügung stellt. Sind Sie gut zu Fuß?«

»Ich laufe doch nicht! Das ist ein weiter Weg!«

»Das kann ich verstehen. Vermutlich haben wir dieses Problem noch öfter, wenn wir uns erst einmal richtig ausgebreitet haben. Das normale Reisen in der Eisenbahn ist leider noch zu kompliziert – zuviel Verwaltungskram. Es wird die Zeit kommen, da die Robe eines Priesters von Mota ein Passierschein ist. Wenn wir die Sache richtig angehen, haben wir bald alle möglichen Privilegien. Wie sind Sie eigentlich das erstemal nach Denver gekommen, Jeff?«

»Ich habe den Anhalter gespielt. War aber gar nicht einfach. Die meisten Lastwagenfahrer haben viel zuviel Angst vor der Autobahnpolizei.«

»Ein Priester Motas fährt nicht per Anhalter – das paßt nicht zu seinem Renommee.«

»Aber wie reist er dann? Himmel, Major, zu Fuß wäre ich wahrscheinlich noch immer unterwegs.«

»Tut mir leid. Aber wir müssen uns etwas Besseres einfallen lassen.«

»Warum fliegen wir ihn nicht einfach in einer der Spähmaschinen hin?« fragte Wilkie. »Natürlich wenn es dunkel ist.«

»Aber was ist mit den Radaranlagen? Die PanAsiaten würden Sie sofort abschießen, Bob.«

»Das glaube ich nicht. Wir haben eine fast unbeschränkte Energiequelle – manchmal bekomme ich richtig Angst, wenn ich darüber nachdenke. Ich glaube, ich könnte einen Radarabweiser konstruieren, der jedes Radargerät ausfallen läßt, das auf uns gerichtet wird.«

»Und damit sagen wir den PanAsiaten, daß es noch Leute in der Gegend gibt, die sich auf elektronische Tricks verstehen! Nein, so früh dürfen wir unsere Karten nicht auf den Tisch legen, Bob.«

Wilkie lehnte sich niedergeschlagen zurück. Ardmore überlegte. »Und doch müssen wir das Risiko eingehen. Sie basteln Ihren Sender zusammen, Bob, und fliegen dann auf der ganzen Strecke sehr tief. Wenn Sie gegen vier Uhr morgens starten, ist zu hoffen, daß man Sie überhaupt nicht bemerkt. Wenn Sie Ihren Apparat doch einsetzen müssen, kommt sofort jeder zum Stützpunkt zurück. Der Zwischenfall darf auf keinen Fall mit den Priestern Motas in Verbindung gebracht werden. Das gleiche gilt, wenn Wilkie Sie abgesetzt hat, Jeff. Wenn Sie irgendwie angegriffen werden, müssen Sie den Ledbetter-Effekt einsetzen und dann auf der Stelle in den Untergrund gehen. Unter keinen Umständen dürfen die PanAsiaten vermuten, daß die Priester Motas etwas anderes sind, als sie scheinen. Töten Sie Ihre Zeugen und fliehen Sie.«

Der kleine Spähflieger hing über dem Lookout-Berg nahe dem Grab von Buffalo Bill. Die Tür öffnete sich, und ein Priester in einer Robe sprang heraus und wurde von dem Gewicht seines Geldgürtels fast zu Boden gedrückt. Eine zweite ähnlich gekleidete Gestalt folgte ihm und landete etwas sicherer. »Alles in Ordnung, Jeff?«

»Ja.«

Wilkie rief den beiden noch einen Abschiedsgruß zu und ließ die Maschine davonrasen.

Es wurde schon hell, als Thomas und Howe die Außenbezirke Denvers am Fuß der Berge erreichten. Soweit es sich feststellen ließ, waren sie unterwegs nicht entdeckt worden. Jetzt bei Tageslicht versuchten sie sich nicht mehr zu verbergen. So früh am Morgen waren nur wenige PanAsiaten unterwegs; während die Sklaven auf dem Weg zur Arbeit bereits durch die Straßen hasteten, schliefen die Herren noch. Die Amerikaner, die den beiden Priestern begegneten, starrten sie kurz an, sagten aber nichts. Sie hatten das erste Naturgesetz eines Polizeistaats bereits begriffen: ›Kümmere dich um deine eigenen Angelegenheiten, sei nicht neugierig.‹

Jeff führte schließlich absichtlich ein Zusammentreffen mit einem panasiatischen Polizisten herbei. Er und Alec traten dem Mann entgegen, schalteten ihre Schutzschilde ein und warteten. Jeff fuhr sich mit der Zunge über die Lippen und sagte: »Ich übernehme das Reden, Alec.«

»Okay.«

»Himmel, Alec, schalten Sie Ihren Heiligenschein an!«

»Oh!« Hastig langte Howe unter den Turban hinter seinem rechten Ohr, und der hellschimmernde Lichtglanz erschien über seinem Kopf – ein einfacher Ionisierungseffekt, der sehr wirkungsvoll war.

»So ist's gut«, sagte Jeff. »Aber was ist mit Ihrem Bart?«

»Er geht immer ab. Ich schwitze so.«

»Passen Sie nur auf!« Thomas nahm eine segnende Haltung ein; Howe folgte seinem Beispiel. »Friede sei mit Euch, Herr.«

Der Asiate hielt inne. Seine Englischkenntnisse beschränkten sich auf wenige Worte; ansonsten verließ er sich auf seinen Knüppel. Andererseits erkannte er diesen Mann; erst kürzlich hatte er auf einem Anschlag in der Kaserne ein Bild von ihm gesehen. Was den Sklaven so alles erlaubt war!

Aber es waren Sklaven, und Sklaven hatten sich zu verbeugen. Er schlug mit seinem Knüppel zu.

Der Knüppel prallte ab, ehe er die Robe des Mannes berührte; die Finger des Polizisten kribbelten, als wäre seine Waffe auf ein sehr hartes Hindernis gestoßen. »Friede sei mit Euch«, verkündete Jeff noch einmal und beobachtete den Mann aus zusammengekniffenen Augen. Er war mit einer Vortexpistole bewaffnet. Jeff fürchtete sich eigentlich nicht davor, aber es gehörte nicht zu seinem Plan, seine Immunität schon so schnell zu enthüllen. Er bedauerte es, seinen Schild bereits gegen den Schlag eingesetzt zu haben, und hoffte, daß der Mann seinen Augen nicht trauen würde.

Jedenfalls war er ziemlich verblüfft. Er betrachtete seinen Stock, schien erneut ausholen zu wollen und besann sich dann eines Besseren. Schließlich griff er auf seine mageren Englischkenntnisse zurück und sagte: »Mitkommen.«

Jeff hob erneut die Hand. »Friede sei mit Euch! Es ist nicht knuskelig, daß der Trabta die Kuskapaden im Angesicht des großen Mota ripschnippt! Franchope!« Er deutete auf Howe.

Der Polizist musterte ihn zweifelnd, sah sich nach allen Seiten um und blies schließlich auf seiner Pfeife. Alec flüsterte: »Warum haben Sie eben auf mich gezeigt?«

»Ich weiß nicht, das fiel mir eben so ein. Passen Sie auf!«

Ein zweiter Polizist war herangekommen und schien sofort das Kommando zu übernehmen. Die beiden berieten sich einen Augenblick, dann kam der zweite Polizist heran, zog seine Pistole und sagte: »Ihr Burschen kommt jetzt mit, aber schnell!«

»Kommen Sie, Alec!« flüsterte Thomas und folgte dem Pan Asiaten, wobei er seinen Schutzschild ausschaltete. Er hoffte, daß Howe es ihm nachtun würde.

Sie wurden zur nächsten Polizeistation gebracht. Jeff schritt lebhaft aus und verteilte Segnungen nach allen Seiten. Als sie sich dem Revier näherten, schickte der ältere Polizist seinen Kollegen voraus, so daß der Revierleiter bereits vorbereitet war. Er hatte sich vorgenommen, keinen Fehler zu machen, der ihn das Gesicht kosten würde.

Jeff marschierte auf ihn zu, nahm seine Pose ein und sagte: »Friede sei mit Euch, Herr. Ich habe eine Beschwerde über Ihre

Untergebenen vorzubringen. Sie haben uns davon abgehalten, unserer heiligen Arbeit nachzugehen, die von seiner Exzellenz, dem königlichen Abgesandten, ausdrücklich erlaubt worden ist!«

Der Offizier fummelte an seinem Stöckchen herum und wandte sich dann in panasiatischer Sprache an seine Untergebenen. Schließlich fragte er Jeff: »Wer sind Sie?«

»Ein Priester des großen Gottes Mota.«

Der PanAsiate richtete die gleiche Frage auch an Alec; Jeff schritt sofort ein. »Herr, dieser Mann ist ein Heiliger und hat ein Schweigegelübde abgelegt. Wenn Sie ihn zwingen, seinen Schwur zu brechen, laden Sie große Schuld auf sich.«

Der Offizier zögerte. Die Anweisung über diese Wilden war einerseits ziemlich klar gewesen, hatte jedoch keine konkreten Anweisungen für den Umgang mit den Priestern enthalten. Es gefiel ihm gar nicht, daß er hier allein entscheiden sollte; den meisten Männern, die so etwas taten, erging es hinterher schlecht. »Er braucht sein Gelübde nicht zu brechen«, sagte er schließlich. »Aber ich möchte Ihre Registrationskarten sehen.«

Jeff starrte den Offizier erstaunt an. »Wir sind namenlose Heilige im Dienste des großen Gottes Mota. Was haben Sie mit solchen Leuten zu schaffen?«

»Los, los!«

Jeff versuchte sich seine Nervosität nicht anmerken zu lassen. Er hatte sich seine Worte schon zurechtgelegt – es hing sehr viel davon ab. »Es tut mir leid, junger Herr. Ich werde zu Mota für Sie beten. Aber zunächst muß ich darauf bestehen, daß Sie mich zum königlichen Abgesandten vorlassen – auf der Stelle!«

»Das ist unmöglich!«

»Seine Exzellenz hat mich schon einmal empfangen. Der Abgesandte des Herrschers ist immer bereit, die Diener des großen Gottes Mota zu sprechen.«

Der Offizier sah ihn an, wandte sich um und verschwand wieder in der Polizeistation. Die beiden ›Priester‹ warteten.

»Was machen wir, wenn er uns wirklich vor den Befehlshaber führt?«

»Das will ich nicht hoffen. Aber halten Sie lieber den Mund, Sie haben ein Schweigegelübde abgelegt.«

Nach wenigen Minuten kehrte der Offizier zurück und sagte kurzangebunden: »Sie können gehen.«

»Wohin? Zum königlichen Abgesandten?« fragte Jeff.

»Nein, nein! Gehen Sie einfach. Verschwinden Sie aus meinem Distrikt.«

Jeff trat einen Schritt zurück, sprach eine letzte Segnung aus und schritt mit Howe davon. Aus den Augenwinkeln sah er, wie sich der Offizier dem älteren der beiden Polizisten zuwandte und ihm mit seinem Stäbchen einen Schlag versetzte.

»Der ist aber ganz schön sauer auf uns.«

»Er darf sich auch nicht einbilden, daß er mit uns wie mit den anderen umspringen kann. Ehe wir hier drei Häuserblocks weit sind, weiß die ganze Stadt, daß ich wieder da bin. Und dann läßt man uns vielleicht ein wenig in Ruhe.«

»Vielleicht. Trotzdem halte ich es für gefährlich, wenn die Bullen nach uns Ausschau halten.«

»Aber einen anderen Weg gibt es nicht!« sagte Jeff ungeduldig. »Bullen sind Bullen, was für eine Hautfarbe sie auch haben. Ihre Aufgabe ist das Angstmachen. Wenn sie erst einmal begriffen haben, daß sie uns nichts anhaben können und daß es von Nachteil sein kann, sich mit uns anzulegen, werden sie uns so höflich behandeln wie ihre Vorgesetzten.«

»Ich hoffe, daß Sie recht behalten.«

»Oh, oh – Alec. Da ist schon der nächste.« Ein panasiatischer Polizist kam im Schlenderschritt hinter ihnen her. Aber anstatt sie einzuholen oder anzurufen, ging er auf die andere Straßenseite und hielt sich in einiger Entfernung hinter ihnen. Demonstrativ starrte er ins Leere.

»Na, das sieht mir doch ganz nach einer Eskorte aus. Ein gutes Zeichen, Alec – dann sind wir wenigstens vor den anderen sicher. Jetzt brauchen wir nur noch loszugehen. Sie kennen die Stadt doch ziemlich gut. Wo müssen wir Ihrer Meinung nach den Tempel errichten?«

»Das hängt wohl davon ab, was Sie brauchen.«

»Ich bin mir nicht sicher.« Er blieb stehen und wischte sich den Schweiß von der Stirn. Es war heiß unter der Robe, und der Goldgürtel machte ihm das Leben auch nicht leichter. »Plötzlich kommt mir das ganze Vorhaben recht sinnlos vor. Ich bin wohl nicht zum Geheimagenten geboren. Wie wär's im westlichen Teil der Stadt, in der teuren Gegend?«

»Nein, das ist wohl nicht das Richtige, Jeff. Im Augenblick gibt es dort nur zwei Sorten Menschen – PanAsiaten und Kollaborateure.«

Schließlich einigten sich die beiden auf ein leeres Lagerhaus in einem ziemlich ärmlichen Stadtbezirk nahe dem Fluß. Die Geschäfte schienen schlecht zu gehen; ein Großteil der Läden war geschlossen, und auch an leeren Fabrikgebäuden herrschte kein Mangel. Thomas hatte das Lagerhaus ausgewählt, weil es fast würfelförmig war und somit der Form des Zentraltempels entsprach und weil es frei stand; auf einer Seite verlief eine kleine Gasse, und auf der anderen erstreckte sich ein leeres Grundstück.

Die Tür war zersplittert. Langsam wanderten die beiden Männer durch das Gebäude. Sanitäre Einrichtungen und Mauerwerk waren in Ordnung, wenn auch sonst eine ziemliche Unordnung herrschte. Der Hauptraum war riesig und für ›Gottesdienste‹ gut geeignet.

»Damit kommen wir wohl hin«, sagte Jeff. Eine Ratte huschte hinter einem Abfallhaufen hervor. Fast geistesabwesend richtete er seinen Stab darauf, und das Tier sprang in die Höhe und fiel tot zu Boden. »Wie fangen wir es an, das Gebäude zu kaufen?«

»Amerikaner dürfen keinen Grundbesitz haben. Wir werden feststellen müssen, welcher Beamte für den Stadtteil verantwortlich ist.«

»Das dürfte nicht allzu schwierig sein.« Jeff Thomas und Howe traten auf den Bürgersteig; ihr Bewacher auf der anderen Straßenseite blickte zur Seite.

Inzwischen hatte sich die Szene etwas belebt, und Thomas schnappte sich einen vorbeilaufenden Jungen – ein Kind von kaum zwölf Jahren, das die bitteren, wissenden Augen eines Zynikers hatte. »Friede sei mit dir, mein Sohn. Wer hat dieses Gebäude gemietet?«

»He, lassen Sie mich los!«

»Ich will dir nichts antun!« Er reichte dem Jungen ein Fünfdollarstück.

Der Junge starrte darauf und blickte zu dem panasiatischen Wächter auf der anderen Straßenseite hinüber. »Am besten sprechen Sie mit Konsky. Er weiß über solche Sachen Bescheid. Sagen Sie, Opa, was sollen diese komischen Kleider? Sie werden Schwierigkeiten mit den Gelben bekommen.«

»Ich bin Priester des großen Gottes Mota. Gott Mota nimmt sich seiner Kinder an. Bring uns zu diesem Konsky.«

»Auf keinen Fall. Ich will keine Schwierigkeiten kriegen!« Der Junge versuchte sich aus Thomas' Griff zu befreien, hielt jedoch inne, als er ein zweites Goldstück erblickte.

»Fürchte dich nicht. Gott Mota wird auch dich beschützen.«

»Okay, kommen Sie mit.«

Er führte die beiden Priester um eine Ecke zu einem Bürogebäude, in dem unten eine Bar betrieben wurde. »Wenn er überhaupt da ist, arbeitet er da oben.« Jeff gab dem Jungen das zweite Goldstück und forderte ihn auf, bald in den Tempel zu kommen.

Konsky erwies sich als überaus mißtrauischer Mann. Es zeigte sich bald, daß er ›Verbindungen‹ hatte, aber seine Zunge löste sich erst, als er Gold zu Gesicht bekam. Thomas ließ ihm die volle Behandlung zuteil werden mit Segnungen und salbungsvollen Bemerkungen, aber Konsky ließ sich dadurch nicht beeindrucken. Er feilschte hart um die Miete und das Bestechungsgeld – ›Gebühren für besondere Dienste‹ – und ließ die beiden Priester schließlich allein.

Thomas und Howe begrüßten die Gelegenheit, eine Zeitlang ungestört zu sein. Ihre Existenz als Heilige hatte entschieden Nachteile; seit dem Verlassen der Zitadelle hatten sie nichts mehr zu sich genommen, jetzt holte Jeff belegte Brote unter seiner Robe hervor, und die beiden machten sich ans Essen.

Drei Stunden später waren sie im Besitz einer Urkunde, die ihnen in panasiatischer Sprache bestätigte, daß der Himmlische Herrscher seinen getreuen Untergebenen etc. etc. das spezifizierte Lagerhaus zur freien Verwendung vermietete. Für einen weiteren unverschämt hohen Betrag erklärte sich Konsky bereit, in der Nachbarschaft Arbeiter zusammenzutrommeln, die das Lagerhaus noch am gleichen Tag aufräumen sollten. Außerdem wollte er Materialien zur Verfügung stellen und Reparaturen durchführen lassen. Schließlich dankte ihm Jeff und forderte ihn mit ernstem Gesicht auf, doch am ersten Gottesdienst im neuen Tempel teilzunehmen.

Auf dem Rückweg zum Lagerhaus sagte Jeff: »Wissen Sie, Alec, dieser Bursche wird uns noch sehr nützlich sein – aber wenn eines Tages das große Abrechnen kommt . . .«

Als es dunkel wurde, war der Erste Tempel des Gottes Mota in Denver Wirklichkeit geworden, wenn er auch noch sehr wie ein Lagerhaus aussah und noch keine Gemeinde hatte. Es stank nach Desinfektionsmitteln, der Müll war verschwunden, und der Haupteingang ließ sich wieder verschließen. Zwei ›Betten‹ waren aufgestellt, und mit den vorhandenen Lebensmitteln ließ sich vierzehn Tage auskommen.

Der Polizeiposten hatte sich nicht von der Stelle gerührt.

Er blieb vier Tage lang auf der anderen Straßenseite. In dieser Zeit rückten zweimal Polizeitrupps an und durchsuchten den Tempel. Da es noch nichts zu finden gab, ließ Thomas sie gewähren. Die Hirtenstäbe waren zunächst die einzige Energiequelle, und das Ledbetter-Funkgerät trug Howe tagsüber auf dem Rücken, was ihm ein etwas buckliges Aussehen gab.

Durch Konsky beschafften sie sich auch einen schnellen Wagen und die Erlaubnis, sich damit frei im Machtbereich des königlichen Abgesandten zu bewegen. Die ›Gebühr für besondere Dienste‹ war recht hoch. Der Chauffeur, den sie schließlich anwarben, war allerdings nicht von Konsky empfohlen worden, sondern von Peewee Jenkins, dem kleinen Jungen, der ihnen am ersten Tag geholfen hatte.

Die Beobachter wurden gegen Mittag des vierten Tages zurückgezogen. Am Nachmittag ließ Jeff seinen Kollegen allein und fuhr mit dem Wagen zur Zitadelle. Er brachte Scheer zurück, der sich in seiner Priestertracht sichtlich unwohl fühlte. Er hatte eine würfelförmige Truhe in den sechs heiligen Farben Motas bei sich, die er auf ganz besondere Weise öffnete.

Dann machte er sich eilig am neugebauten ›Altar‹ zu schaffen. Als er nach Mitternacht mit dieser Arbeit fertig war, nahm er die Außenseite des Gebäudes in Angriff, während Thomas und Howe Wache standen.

Als die Sonne aufging, fielen ihre Strahlen auf eine smaragdgrüne Tempelfassade; die anderen Wände waren rot und goldfarben und tiefblau. Der Tempel Motas war bereit für seine Gläubigen – und für andere.

Und was besonders bedeutsam war – jetzt konnte kein Asiate das Gebäude mehr betreten.

Eine Stunde vor Tagesanbruch postierte sich Jeff an der Tür und wartete. Die plötzliche Verwandlung des Tempels führte sicherlich eine weitere Razzia herbei, die er notfalls aufhalten mußte. Eine Durchsuchung konnte er nicht mehr gestatten, und er hoffte, daß er den PanAsiaten ihre Absicht ausreden konnte, ohne daß es zu Gewalttätigkeiten kam. Der Tempel hatte als Enklave der Sklavenrasse zu gelten.

Howe räusperte sich hinter ihm, und Jeff fuhr zusammen. »Was?«

»Tut mir leid. Major Ardmore ist am Apparat. Er will wissen, wie wir uns machen und wann Scheer zurückkommt.«

»Sprechen Sie mit ihm. Ich kann hier nicht weg. Sagen Sie ihm, daß ich Scheer zurückschicke, wenn ich sicher bin, daß wir uns wieder auf die Straße wagen können.«

»Okay.« Howe verschwand. Jeff wandte seine Aufmerksamkeit wieder der Straße zu und fuhr zusammen. Ein uniformierter PanAsiate betrachtete neugierig das Gebäude, schüttelte den Kopf und verschwand. Kaum zehn Minuten später marschierte ein ganzer Trupp Soldaten heran, unter dem Kommando des Offiziers, der auch schon die anderen Razzien geleitet hatte. »Geben Sie den Weg frei, Heiliger.«

»Nein, Herr«, sagte Jeff bestimmt. »Der Tempel ist jetzt geweiht. Nur Jünger des Gottes Mota dürfen eintreten.«

»Wir tun Ihrem Tempel nichts, Heiliger. Machen Sie den Weg frei!«

»Herr, wenn Sie diese Schwelle übertreten, kann ich Sie vor der Wut des Gottes Mota nicht schützen – ebensowenig wie vor der Wut des königlichen Abgesandten.« Ehe der Offizier über diese Antwort nachdenken konnte, fuhr Jeff fort: »Mein Gott Mota hat Ihren Besuch jedoch erwartet und entbietet Ihnen durch mich seinen Gruß. Er bittet mich als seinen demütigen Diener, Ihnen drei Geschenke zu machen.«

»Geschenke?«

»Ja, ein Geschenk für Sie . . .« Jeff überreichte dem Mann einen schweren Beutel. »Ein Geschenk für Ihren Vorgesetzten . . .« Ein zweiter Beutel wechselte den Besitzer. »Und ein Geschenk für Ihre Leute.« Jeff händigte einen dritten Beutel aus, so daß der Mann mit beiden Händen zugreifen mußte.

Er stand einen Augenblick regungslos da. Allein das Gewicht der Beutel ließ keinen Zweifel daran, was sich darin befand. Soviel Gold hatte er in seinem ganzen Leben noch nicht in der Hand gehabt. Kurzentschlossen wandte er sich um, rief einen Befehl und zog mit seinen Männern ab.

»Geschafft!« sagte Howe hinter ihm. »Glauben Sie, daß er das Gold gerecht aufteilt?«

»Wohl kaum. Auf jeden Fall gehen die Männer leer aus. Den Rest teilt er vielleicht mit seinem Vorgesetzten, damit er in dieser Angelegenheit den Mund hält. Die Frage ist nur, ob er ein ehrlicher Politiker ist.«

»Wie bitte?«

»Ein ehrlicher Politiker ist einer, der nicht wieder umfällt, wenn er einmal bestochen worden ist. Kommen Sie, wir müssen bald mit Kundschaft rechnen.«

Am Abend wurde der erste Gottesdienst abgehalten, der sich äußerlich durch besondere Einfachheit auszeichnete, da Jeff sich mit der Materie erst vertraut machen wollte. Er hielt sich an die alte Regel: ›Laß eine Hymne singen und bitte zu Tisch.‹ Das Essen bestand aus Fleisch und Weißbrot, und die Besucher hatten seit Monaten nicht mehr so gut gegessen.

7

»Hallo, Jeff, sind Sie da? Können Sie mich hören?«

»Natürlich. Sie brauchen nicht so zu schreien, Major.«

»Ich wünschte, wir hätten eine reguläre Fernsehverbindung. Ich sehe gern, mit wem ich spreche. Aber Scheer ist viel zu beschäftigt mit seinen Altarinstallationen, um sich um so etwas zu kümmern. Könnten Sie ihm nicht ein paar Assistenten besorgen – einen Mechaniker und einen Funktechniker?«

Thomas überlegte. »Ich habe einen Mann hier, der vielleicht geeignet ist. Er war Uhrmacher. Seine ganze Familie ist ausgelöscht. Entsprechend ist seine Einstellung.«

»Das ist bestens. Übrigens brauchen Sie bei der Auswahl des Zitadellenpersonals nicht so wählerisch zu sein wie bei den anderen – wenn die Leute erst hier sind, kommen sie nicht wieder weg.«

»Ich weiß, Chef. Ich habe auch keine besonderen Versuche angestellt, ehe ich Ihnen Estelle Deven schickte. Natürlich hätte ich sie nicht aufgenommen, wenn sie nicht bald als Vergnügungsmädchen verschleppt worden wäre.«

»Estelle ist in Ordnung. Sie hilft Frank in der Küche, arbeitet beim Nähen der Roben mit und läßt sich von Bob Wilkie als Parafunkerin ausbilden. Übrigens hat Bob wohl ein Auge auf sie geworfen.«

»Ob das Schwierigkeiten gibt?« fragte Thomas.

»Ich glaube nicht. Bob ist ein Gentleman, und Estelle ist ein nettes Mädchen. Wenn sich die Biologie hindernd bemerkbar macht, verheirate ich die beiden einfach.«

»Soll ich Ihnen noch mehr Frauen schicken? Estelle war mehr oder weniger ein Augenblickseinfall – aber es gibt noch viele junge Frauen, die ebenso unsere Hilfe brauchen.«

Ardmore antwortete nicht sofort. »Captain«, sagte er schließlich, »das ist eine sehr schwierige Frage. Leider muß ich noch einmal zum Ausdruck bringen, daß wir eine militärische Organisation sind. Solange eine Frau nicht zur Erfüllung einer bestimmten militärischen Funktion angeworben wird, für die sie auch geeignet ist, müssen Sie von einer Aufnahme Abstand nehmen.«

»Jawohl, Sir.«

»Geeignete Frauen sind durchaus willkommen. Wir haben einen langen Krieg vor uns und kommen wahrscheinlich besser über die Runden, wenn wir eine gemischte Mannschaft haben.

Aber als nächstes sollten Sie mir eine ältere Frau schicken – eine Art Vorsteherin. Eine ältere ausgebildete Krankenschwester wäre ideal. Sie könnte Brooks im Labor helfen und sich um die anderen ein wenig kümmern.«

»Ich will sehen, was ich tun kann.«

»Und schicken Sie mir den Urmacher. Wir brauchen ihn dringend. Wann werden Sie Alec den Tempel überlassen können? Wir kommen nicht ohne Sie aus.«

»Alec könnte ihn jetzt schon übernehmen. Aber wie ich meine Aufgabe verstehe, soll ich in erster Linie neue ›Priester‹ anwerben, die selbständig in anderen Städten weitere Tempel eröffnen können.«

»Stimmt, aber kann Alec das nicht übernehmen? Immerhin werden die wichtigsten Tests hier in der Zitadelle angestellt. Wir waren uns einig, daß die Hintergründe unserer Organisation unter keinen Umständen offenbart werden, solange der Kandidat nicht hier in der Zitadelle gewesen ist. Wenn Alec einen Fehler macht, schadet uns das also kaum.«

Jeff überlegte sich seine Antwort sorgfältig. »Boß – von Ihrer Warte aus mag das einfach aussehen. Aber von hier . . .« Er hielt inne.

»Was ist los, Jeff? Haben Sie Befürchtungen?«

»Sieht so aus.«

»Aber wieso denn? Die Sache scheint doch plangemäß zu laufen.«

»Ja – vielleicht. Aber Sie haben eben noch gesagt, daß das ein langer Krieg wird.«

»Ja!«

»Das darf es aber nicht. Wenn sich der Krieg in die Länge zieht, verlieren wir ihn.«

»Aber anders geht es nicht. Wir können nichts unternehmen, bis wir genügend zuverlässige Leute haben, um überall im Lande loszuschlagen.«

»Ja, aber wir müssen die Zeit möglichst kurz halten. Was ist Ihrer Meinung nach die größte Gefahr, die unserem Plan droht?«

»Natürlich das Risiko, daß uns jemand verrät – versehentlich oder absichtlich.«

»Da muß ich Ihnen widersprechen, Sir. Das ist Ihre Meinung, weil Sie die Lage von der Zitadelle aus beurteilen. Von hier ist eine völlig andere Gefahr zu sehen, die mir sehr große Sorgen macht. Ich habe Angst, daß die panasiatischen Behörden mißtrauisch werden. Sie kommen vielleicht eines Tages zu dem Schluß, daß wir nicht das sind, was wir zu sein vorgehen – und dann wäre es um uns geschehen.«

»Nun nehmen Sie sich mal zusammen, Jeff. Im Notfall sind Sie so gut ausgerüstet, daß Sie sich zur Zitadelle durchkämpfen könnten. In einer der Hauptstädte können die Asiaten keine Atombombe einsetzen, und Calhoun sagt, daß der neue Schutzschirm über der Zitadelle sogar einer Atomexplosion standhält.«

»Das möchte ich noch bezweifeln! Aber was würde es uns nutzen? Wenn wir uns dort verkriechen, bis wir an Altersschwäche sterben, wenn wir nicht wagen können, unsere Nase zur Tür hinauszustecken – dann helfen wir dem Lande wenig.«

»Aber vielleicht haben wir Zeit, uns etwas anderes auszudenken.«

»Machen Sie sich nichts vor, Major. Wenn wir erwischt werden, ist es aus, dann verliert unser Volkd seine letzte Chance – zumindest in dieser Generation. Wir sind einfach zu wenig Leute.«

»Aber das war uns doch schon bekannt, als wir den Kampf aufnahmen.«

»Wenn wir eine religiöse Sekte ohne militärische Macht wären, ließe man uns natürlich in Ruhe. Aber wir sind nicht wehrlos. Da ist erstens die Tatsache, daß wir einen Schutzschirm um den Tempel gelegt haben. Wir brauchen diesen Schutzschirm, weil wir uns eine weitere Razzia nicht leisten können. Aber es wäre sicher noch schlimmer, wenn wir diesen Schirm tatsächlich einmal einsetzen müßten. Wenn sich irgendein panasiatischer Offizier in den Kopf setzt, das Gebäude trotz Immunität zu inspizieren, ist der Ofen aus. Ich wage ihn weder zu töten noch hereinzulassen. Bisher habe ich sie mit Gottes Hilfe und dank dem Einsatz von Bestechungsgeldern noch von unserer Haustür abgewiesen.«

»Sie wissen sicher bereits, daß wir einen Schutzschirm haben, Jeff.«

»Ich glaube nicht. Wenn ich an mein Gespräch mit dem Abgesandten zurückdenke, möchte ich meinen, daß man dem Offizier, der in den Zentraltempel eindringen wollte, nicht geglaubt hat. Und Sie können darauf wetten, daß er nicht mehr am Leben ist – so geht das bei diesen Leuten. Die einfachen Soldaten zählen nicht. Das zweite große Risiko besteht in den persönlichen Schilden, die wir ›Priester‹ tragen. Ich habe meinen Schutzschirm bisher erst einmal benutzt, und das tut mir leid. Zum Glück war das nur ein einfacher Soldat, der den Vorfall nicht melden wird.«

»Aber Jeff – ohne die Schilde geht es nicht. Wir können doch nicht zulassen, daß ein Stab in Feindeshand fällt – ganz zu schweigen von der Möglichkeit, daß die PanAsiaten einen ungeschützten ›Priester‹ unter Drogen setzen und verhören.«

»Das sagen Sie! Einerseits brauchen wir sie, können sie andererseits aber nicht einsetzen. Das erfordert im Notfall ein gehöriges Mundwerk. Das dritte Risiko ist der Heiligenschein, der leider ein Fehler war, Chef.«

»Warum das?«

»Er wirkt zwar auf die Abergläubischen, aber die PanAsiaten, die etwas zu sagen haben, glauben nicht daran. Leider können wir den Effekt auch nicht mehr abstellen, denn bei der Bevölkerung sind wir inzwischen als ›die Priester mit dem Heiligenschein‹ bekannt. Das ist unser Markenzeichen. Und dann noch etwas – eine letzte Gefahr. Geld. Wir haben zuviel Geld. Das ist verdächtig.«

»Aber wir brauchen das Geld.«

»Wem sagen Sie das? Ohne das Geld wären wir schon lange aufgeflogen. Die PanAsiaten sind noch bestechlicher als wir Amerikaner, Chef. Das hat etwas Gutes – wir gelten als die Gans, die goldene Eier legt.«

»Aber warum ist das ein Risiko?«

»Erinnern Sie sich daran, was im Märchen mit der Gans passiert? Eines Tages wird sich auch bei uns irgendein Schlaukopf fragen, woher die Gans das Gold hat. Ich möchte bezweifeln, daß der Abgesandte von unseren anscheinend unbegrenzten Goldvorräten weiß. Eines Tages findet er es sicher heraus, und dann geht es uns an den Kragen. Es sei denn, er kann – natürlich auf höfliche Art – ebenfalls bestochen werden. Irgendwann stoßen wir aber bestimmt auf einen Beamten, der mehr an den Tatsachen als am Handaufhalten interessiert ist. Und wenn es soweit ist, sollten wir lieber startbereit sein.«

»Hm, Sie haben wahrscheinlich recht. Jeff, Sie müssen eben Ihr Bestes tun und uns möglichst schnell Priesteranwärter heraufschicken. Wenn wir hundert zuverlässige Männer hätten, die so gut mit Menschen umgehen können wie Sie, dann könnten wir die Stunde X schon in vier Wochen ansetzen. Aber so wird das Ganze wahrscheinlich Jahre dauern.«

»Verstehen Sie, warum wir so wenige Priesterkandidaten finden? Loyalität reicht einfach nicht – es ist ein besonderes Talent erforderlich, die Öffentlichkeit an der Nase herumzuführen. Ich habe das als Hobo gelernt. Alec fehlt das Gefühl dafür; er ist zu ehrlich. Aber ich habe vielleicht einen geeigneten Mann. Er heißt Johnson.«

»Ja? Was ist mit ihm?«

»Vor dem Krieg war er Grundstücksmakler und kann seinen Beruf natürlich nicht mehr ausüben. Er hat eine sehr überzeugende Art.«

»Wenn Sie ihn für geeignet halten, können Sie ihn hochschikken. Vielleicht kann ich ihn mir ansehen.«

»Wie soll ich das verstehen?«

»Ich habe über die Situation nachgedacht, Jeff. Ich weiß wirklich zu wenig über die Lage an der Front. Wenn ich das Unternehmen weiter führen soll, muß ich alles aus eigener Erfahrung kennen.«

»Ich denke, wir hätten diese Sache endgültig geregelt, Chef.«

»Was meinen Sie?«

»Wollen Sie Calhoun das Kommando überlassen?«

Ardmore schwieg einen Augenblick und sagte dann: »Verdammt, Jeff. Sprechen wir nicht mehr davon.«

»Seien Sie mir nicht böse, Chef. Ich habe versucht, Ihnen ein möglichst umfassendes Bild zu geben.«

»Dafür bin ich Ihnen auch dankbar. Ich möchte, daß Sie Ihren Bericht noch einmal wiederholen und dabei noch mehr in die Einzelheiten gehen. Estelle kann ihn aufnehmen. Wir werden daraus Richtlinien für unsere ›Priester‹-Kandidaten machen.«

»Okay, aber lassen Sie mich bitte zurückrufen. Ich habe in zehn Minuten Gottesdienst.«

»Kann denn Alec nicht einmal einen Gottesdienst allein zelebrieren?«

»O doch. Er predigt sogar viel besser als ich. Aber während des Gottesdienstes macht man die besten Kontakte. Ich beobachte die Leute und spreche hinterher mit ihnen.«

»Gut, Ende.«

Der Zulauf zu den Gottesdiensten war jetzt erheblich. Aber wie Thomas sehr wohl wußte, war nicht das Glaubensbekenntnis zu Mota der Anziehungspunkt. Noch während des Gottesdienstes wurden an der Seite Tische aufgestellt, die mit Speisen reich gedeckt waren. Alec leistete vorzügliche Arbeit. Der ehemalige Bergführer hatte seine neue Arbeit so sehr mit seinem Gewissen in Einklang gebracht, daß er regelrecht überzeugend wirkte.

»Wenn er so weitermacht, werden uns noch ein paar Frauen

ohnmächtig«, überlegte Jeff. »Vielleicht sollte er sich ein wenig zurückhalten.«

Doch es gab keine unliebsamen Zwischenfälle. Die Gemeinde sang mit Begeisterung und strömte dann zu den Tischen. Das Problem der Musik hatte Jeff zuerst viel Kopfzerbrechen bereitet, bis er dann auf die Idee gekommen war, alten amerikanischen Weisen neue Worte unterzulegen. Damit erreichte er, daß viele der Mutigeren während des Gottesdienstes noch die alten Texte sangen.

Jeff wanderte während des Essens langsam durch den Raum, tätschelte Kinder, spendete Trost – und sperrte im übrigen die Ohren auf. In einer Ecke stand ein Mann auf und legte ihm die Hand auf den Arm. Es war Johnson, der ehemalige Grundstücksmakler. »Ein Wort unter vier Augen, Heiliger.« Er zog den Priester in den Schatten des Altars. »Ich wage es nicht, heute nacht in mein Zimmer zurückzukehren.«

»Warum nicht, mein Sohn?«

»Ich habe meine Arbeitskarte noch nicht bestätigt bekommen. Heute ist die Frist abgelaufen. Wenn ich nach Hause gehe, muß ich ins Arbeitslager.«

Jeff sah ihn ernst an. »Sie wissen, daß die Diener Motas sich nicht für einen Widerstand gegen irdische Mächte aussprechen.«

»Sie würden zulassen, daß ich verhaftet werde?«

»Wir verweigern auch niemandem Asyl. Vielleicht ist Ihre Lage nicht so schlimm, wie Sie annehmen, mein Sohn. Wenn Sie heute nacht hierbleiben, findet sich morgen vielleicht jemand, der Ihren Ausweis bestätigt.«

»Ich darf also bleiben?«

»Sie dürfen bleiben.« Thomas überlegte, daß Johnson ebensogut gleich ganz einziehen könnte; wenn er in Ordnung war, würde man ihn zur abschließenden Prüfung in die Zitadelle schicken. Wenn nicht, konnte er als einfacher Helfer im Tempel bleiben. Hilfe wurde dringend benötigt, besonders in der Küche.

Als die Menge gegangen war, schloß Jeff die Tür und ging persönlich durch das Gebäude, um sich zu überzeugen, daß nur die Bediensteten und die Männer und Frauen, die um Asyl nachgesucht hatten, im Gebäude waren.

Nach Beendigung der Inspektion scheuchten Jeff und Alec sämtliche Anwesenden in die Schlafräume im Obergeschoß, dann wurde die Tür zum Treppenhaus verschlossen. Das war eine routinemäßige Vorsichtsmaßnahme; auf diese Weise war der Altar vor Neugierigen geschützt. Zwar hatte er einen eigenen Schutzschild, der durch einen Schalter im Keller bedient wurde; trotzdem wollte Jeff vermeiden, daß sich jemand daran zu schaffen machte.

Alec und Jeff gingen dann in den Keller und schlossen eine schwere, stahlverkleidete Tür hinter sich. Sie wohnten in einem großen Raum, in dem sich die Energiestation für den Altar, das Funkgerät und die Schlafgelegenheiten befanden.

Alec zog sich aus und verschwand im benachbarten Badezimmer. Jeff legte Robe und Turban ab, nicht aber seinen Bart, der inzwischen voll ausgewachsen war. Er zog einen Overall über, zündete sich eine Zigarre an und setzte sich mit der Zentrale in Verbindung.

Drei Stunden lang diktierte er dann seinen Bericht, während Alec schnarchte.

Jeff erwachte. Irgend etwas stimmte nicht. Das Licht war aus, also war es noch nicht Morgen. Er blieb einen Augenblick regungslos liegen und langte dann auf den Boden, wo sein Hirtenstab lag.

Außer Alec, der auf dem Nachbarbett schnarchte, war noch jemand im Raum. Er war sich seiner Sache ganz sicher, obwohl er nichts hören konnte. Vorsichtig tastete er sich an die Kontrollen und legte einen Schutzschild über beide Betten. Dann schaltete er das Licht ein.

Johnson stand vor dem Funkgerät. Eine dicke Brille bedeckte sein Gesicht; in der Hand hielt er einen Dunkellicht-Projektor.

»Rühren Sie sich nicht von der Stelle!« sagte Jeff ruhig.

Der Mann wirbelte herum und schob seine Brille auf die Stirn. Er blinzelte in die Helligkeit. Plötzlich erschien eine Vortexpistole in seiner Linken. »Keine plötzlichen Bewegungen, Opa«, schnappte er. »Das ist kein Spielzeug.«

»Alec!« schrie Jeff. »Alec, wach auf!«

Alec fuhr hoch und war sofort hellwach. Er sah sich um und stürzte sich auf seinen Stab. »Sie sind mit in meinem Schild!« sagte Jeff hastig. »Halten Sie ihn fest, aber bringen Sie ihn nicht um.«

»Eine Bewegung – und Sie kriegen einen über!« sagte Johnson warnend.

»Seien Sie kein Narr, mein Sohn«, erwiderte Jeff. »Der große Gott Mota beschützt seine Jünger. Geben Sie die Waffe her.«

Alec hantierte an den Kontrollen seines Stabes. Johnson beobachtete ihn unsicher und feuerte auf ihn.

Nichts geschah; Jeffs Schutzschild sog die Energie auf.

Johnson sah sich erstaunt um und rieb sich überrascht die Hand, als Alec ihm die Pistole mit einem Traktorstrahl entriß. »Und nun«, sagte Jeff, »sagen Sie uns, warum Sie die Geheimnisse Motas entehren wollten, mein Sohn.«

Johnson sah sich furchtsam um, ohne den Widerstand aufzugeben. »Hören Sie doch mit dem Quatsch auf. Mich habt ihr nicht hereingelegt. Wie wollt ihr den Kram da erklären?« Und er deutete auf das Funkgerät.

»Gott Mota braucht keine Erklärungen abzugeben. Setzen Sie sich, mein Sohn, und machen Sie Ihren Frieden mit ihm.«

»Ich werde mich hüten! Ich marschiere jetzt hier hinaus. Wenn ihr nicht wollt, daß es hier bald von Gelben wimmelt, laßt ihr mich gehen!«

»Sie sind also ein gewöhnlicher Dieb?«

»Ist das ein Wunder? Ihr habt mit Gold nur so um euch geworfen. Ist doch klar, daß man sich dafür interessiert.«

»Setzen Sie sich.«

»Ich gehe!« Und er wandte sich zur Tür.

Jeff sagte: »Halten Sie ihn fest, Alec! Aber es darf ihm nichts geschehen.«

Johnson war bereits auf halber Treppe, als ihm Alec die Beine unter dem Leib fortzog.

In aller Ruhe stand Jeff auf und legte seine Robe an. »Behalten Sie ihn im Visier, Alec. Ich sehe mich mal um.« Er verschwand nach oben und kehrte schon nach wenigen Minuten zurück. »Nicht viel geschehen«, berichtete er. »Er hat die Tür vom Obergeschoß irgendwie aufbekommen. Da sonst niemand wach ist, habe ich sie wieder abgeschlossen. Die Tür zum Keller ist allerdings beschädigt. Er hat das Schloß zerschmolzen. Ich muß mit Bob mal darüber sprechen – wir brauchen einen Schutzschild dafür.« Er warf einen Blick auf die reglos daliegende Gestalt: »Ist er hinüber?«

»Ich habe ihm Sodium-Pentothal gegeben – Sie wollen ihn doch sicher befragen.«

Thomas nickte, nahm ein Ohrläppchen Johnsons zwischen Daumen und Zeigefinger und kniff heftig hinein. Der Mann bewegte sich. »Johnson! Können Sie mich hören?«

»Ja.«

Thomas verhörte ihn geduldig. Schließlich schaltete sich Alec ein. »Jeff, müssen wir uns das noch lange anhören?«

»Wir brauchen leider die Informationen«, erwiderte Thomas und fragte weiter. Wer hatte ihn bezahlt? Was hofften die Pan Asiaten herauszubekommen? Wie erstattete er Bericht? Wann war seine nächste Meldung fällig? Wer gehörte dieser Organisation noch an? Was hielten die PanAsiaten vom Tempel Motas? Wußte sein Chef, daß er heute nacht hier war? Und schließlich – was hatte ihn bewogen, gegen sein eigenes Volk zu arbeiten?

Die Wirkung des Mittels ließ nach; Johnson war sich seiner Umgebung schon fast wieder bewußt, wenn sein Willenszentrum auch noch immer gelähmt war.

»Man muß doch sehen, wo man bleibt, nicht? Wenn man schlau ist, kommt man überall durch.«

»Dann sind wir wohl nicht schlau genug, Alec«, bemerkte Thomas. Er blieb einige Minuten still sitzen und sagte schließlich: »Ich glaube, er hat uns jetzt alles gesagt. Ich versuche mir darüber schlüssig zu werden, was wir mit ihm machen.«

»Wenn ich ihm noch eine Injektion verpasse, redet er vielleicht weiter.«

Johnson sagte: »Ihr bringt mich nie zum Reden!« Er schien nicht gemerkt zu haben, daß es bereits zu spät war.

Thomas versetzte ihm einen Schlag ins Gesicht. »Maul halten! Sie reden nur, wenn Sie gefragt werden!« Zu Alec gewandt, fuhr er fort: »Vielleicht bekommen wir noch mehr aus ihm heraus, wenn wir ihn in die Zentrale bringen. Aber das wäre zu gefährlich. Nicht auszudenken, was passieren würde, wenn er uns entkäme oder wir mit ihm erwischt würden . . . Nein, am besten machen wir es jetzt und hier ab.«

Johnson starrte ihn betäubt an und versuchte sich aufzurichten, aber Alecs Stab hielt ihn im Zaum. »He! Wovon reden Sie da! Das ist Mord!«

Howe stand auf und gab ihm eine neue Injektion. Johnson versuchte sich zu wehren, unterlag dann aber doch dem Einfluß der Droge. Howe wandte sich besorgt an Thomas. »Sie haben das doch hoffentlich nicht so gemeint, wie es sich anhörte, Jeff? Mit Mord will ich nichts zu schaffen haben.«

»Das ist kein Mord, Alec. Wir richten einen Spion hin.«

Howe biß sich auf die Lippen. »Es würde mir sicher nichts ausmachen, einen Mann im offenen Kampf zu töten. Aber ihn zu fesseln und abzuschlachten . . .«

»Hinrichtungen sind eben so. Haben Sie jemals Menschen in der Gaskammer sterben sehen?«

»Aber es wäre Mord, Jeff. Wir haben nicht die Befugnis, ihn hinzurichten.«

»Ich habe die Befugnis. Ich bin befehlshabender Offizier im Krieg und habe selbständig zu handeln.«

»Aber Jeff, wir haben ihn nicht einmal vor ein Kriegsgericht gestellt!«

»So ein Verfahren hat doch nur den Zweck, Schuld oder Unschuld festzustellen. Ist er etwa nicht schuldig?«

»Er ist schuldig! Aber jeder Mensch hat das Recht auf einen Prozeß.«

Jeff atmete tief ein. »Alec, ich war Rechtsanwalt. Der einzige Zweck der komplizierten westlichen Kriminalgerichtsbarkeit war es, Unschuldige vor irrtümlicher Verurteilung zu schützen. Dadurch sind manchmal Schuldige freigekommen – aber das ist eben nicht der Sinn. Ich habe weder die Leute noch die Zeit, ein Militärgericht zu bilden, um diesen Mann einem formal einwandfreien Verfahren zu unterwerfen. Seine Schuld ist mit größerer Gewißheit festgestellt worden, als es ein Gericht vermutlich könnte, und ich habe keine Lust, mein Kommando und das Endergebnis des Krieges in Frage zu stellen, indem ich diesem Mann den Apparat zur Verfügung stelle, der zum Schutz Unschuldiger gedacht war.

Wenn ich seine Erinnerung auslöschen und ihn berichten lassen könnte, daß er nur auf eine verrückte Kirche und eine Menge hungriger Leute gestoßen ist, würde ich ihn laufenlassen – nicht um seine Hinrichtung zu vermeiden, sondern um den Feind zu verwirren. Ich kann ihn aber unmöglich freilassen . . .«

»Das verlange ich auch gar nicht, Jeff.«

»Mund halten, Soldat, und zuhören! Wenn ich ihn freiließe, bekämen die PanAsiaten alles aus ihm heraus – auf dem gleichen Wege wie wir. Und da wir keine Möglichkeit haben, ihn hier zu behalten . . .«

Alec sagte leise: »Captain Thomas?«

»Ja?«

»Warum setzen Sie sich nicht mit Major Ardmore in Verbindung?«

»Weil dazu keine Veranlassung besteht. Wenn ich ihn um Rat fragen muß, tauge ich auf diesem Posten nichts. Sie sind anscheinend zu weich und idealistisch für unsere Arbeit. Offenbar sind Sie der Meinung, daß die Vereinigten Staaten diesen Krieg gewinnen können, ohne daß jemand verletzt wird – Sie haben nicht einmal den Mumm, sich die Exekution eines Verräters anzusehen. Ich hatte gehofft, Ihnen in Kürze das Kommando anvertrauen zu können. Nun werde ich Sie morgen in die Zitadelle zurückschikken mit einem Bericht an den befehlshabenden Offizier. Ich werde darin zum Ausdruck bringen, daß man Sie nicht mit Aufgaben an vorderster Front betrauen kann. In der Zwischenzeit werden Sie meinen Befehlen gehorchen. Helfen Sie mir, den Mann ins Badezimmer zu bringen.«

Howes Lippen zitterten, aber er sagte nichts. Sie schleppten den Bewußtlosen in das benachbarte Bad. Vor der Einweihung des Gebäudes hatte Thomas eine Trennwand zum Nachbarraum herausschlagen und eine altmodische Badewanne einbauen lassen.

»Was soll der Körper in der Wanne?« fragte Howe und fuhr sich mit der Zunge über die Lippen. »Wollen Sie nicht den Stab benutzen?«

»Nein. Es würde viel zu lange dauern, den Projektor umzustellen. Und ich bin nicht sicher, daß ich ihn hinterher wieder richtig hinbekäme. Holen Sie mir Ihr Rasiermesser und verschwinden Sie!«

Howe holte das Messer und blieb in der Tür stehen. Er behielt die Klinge in der Hand. »Haben Sie schon mal ein Schwein geschlachtet?« fragte er.

»Nein.«

»Dann verstehe ich mehr davon.« Er bückte sich, hob Johnsons Kinn. Howe vollführte einen schnellen Schnitt und durchtrennte die Kehle. Dann trat er ans Waschbecken und reinigte sein Rasiermesser.

Jeff sagte: »Da habe ich wohl zu voreilig den Mund aufgemacht, Alec.«

Alec blickte nicht auf. »Nein«, sagte er langsam. »Ganz und gar nicht voreilig. Es dauert wohl immer eine Weile, bis man sich an den Gedanken gewöhnt hat, daß Krieg ist.«

Obwohl er nur wenig geschlafen hatte, stand Jeff Thomas sehr früh auf, da er Ardmore noch vor dem Morgengottesdienst Bericht erstatten wollte. Ardmore lauschte schweigend und sagte schließlich: »Ich schicke Ihnen Scheer, damit er einen Schild vor der Kellertür anbringt. Was ist mit Howe? Möchten Sie ihn zurückschicken?«

»Nein«, entschied Thomas. »Ich glaube, er ist jetzt über den

Berg. Er ist von Natur aus zimperlich, aber er hat verdammt viel Mut. Himmel, Chef, *irgend jemandem* müssen wir doch trauen!«

»Wollen Sie ihm den Tempel überlassen?«

»Nun . . . ja. Warum fragen Sie?«

»Weil ich möchte, daß Sie so schnell wie möglich nach Salt Lake City gehen. Ich habe noch einmal über unser gestriges Gespräch nachgedacht. Sie haben mich gehörig aufgeschreckt. Wie viele geeignete Kandidaten haben wir jetzt?«

»Nachdem Johnson ausgefallen ist – dreizehn. Nicht alle sind ›Priester‹-Kandidaten.«

»Ich möchte, daß Sie sie alle sofort herschicken.«

»Aber Chef, ich habe mich noch nicht näher mit ihnen befaßt.«

»Wir ändern unser Vorgehen radikal. Wir werden nur noch in der Zitadelle Drogenverhöre anstellen. Ich werde Brooks die Aufgabe übertragen, ab sofort alle Neuen in Augenschein zu nehmen und die Ungeeigneten zu eliminieren. Die übrigen lasse ich wieder auf die Menschheit los. Ab sofort haben die ›Priester‹ die vordringliche Aufgabe, neue Kandidaten ausfindig zu machen und sie zum Zentraltempel zu schicken.«

Thomas überlegte. »Aber das machen wir mit Typen wie Johnson?«

»Ich habe mir das überlegt; deshalb finden die Tests ab sofort nur noch hier statt. Jeder Kandidat wird am ersten Abend etwas ins Essen bekommen, ohne es zu wissen. Dann injizieren wir ihm in der Nacht ein Gegenmittel und verhören ihn. Wenn er durchkommt, ist alles in Ordnung. Wenn er ein falscher Fünfziger ist, hat er keine Ahnung, daß er sein Geheimnis ausgeplaudert hat. Wir werden ihm trotzdem sagen, daß er die Prüfung bestanden hat.«

»Wie soll ich das verstehen?«

»Das ist ja gerade das Interessante. Wir erlauben ihm, dem großen Gott Mota zu dienen – als Laienbruder. Und dann darf er sich abmühen. Er wird in einer schlichten Zelle untergebracht, muß Fußböden schrubben, bekommt schlechtes Essen und muß Tag für Tag mehrere Stunden beim Gottesdienst verbringen. Dabei wird er überhaupt nicht auf den Gedanken kommen, daß dieser Berg mehr enthält als nur Gestein. Und wenn er genug hat, gestatten wir ihm, sein Gelübde aufzugeben; und dann darf er zurückmarschieren und seinen Herren nach Belieben berichten.«

»Das hört sich sehr gut an, Major. Es könnte klappen!«

»Auf diese Weise machen wir uns die gegnerischen Agenten

zunutze. Aber das ist alles nur Nebensache – sprechen wir lieber von den Kandidaten, die die Prüfung bestehen. Ich brauche mehr Leute – und zwar schnell. Nach Möglichkeit mehrere hundert. Von ihnen sollen mindestens sechzig für eine Rolle als ›Priester‹ in Frage kommen. Ich möchte sie gleichzeitig ausbilden und alle auf einen Schlag losschicken. Ich möchte jedes panasiatische Zentrum erfassen. Sie haben mich überzeugt, daß wir nur weiterkommen, wenn wir diese Maskerade möglichst schnell in Gang bringen. Haben Sie Ihr Aufnahmegerät eingeschaltet?«

»Ja.«

»Gut, dann passen Sie auf. Es dürfen nur solche Kandidaten heraufgeschickt werden, die durch die panasiatische Invasion Familienmitglieder verloren haben oder die eindeutig vermuten lassen, daß sie auch bei schwerer Beanspruchung zuverlässig bleiben. Offensichtlich Unausgeglichene kommen nicht in Frage – ansonsten überlassen Sie die psychologische Beurteilung uns. Es kommen überdies nur Kandidaten bestimmter Kategorien in Frage. Als ›Priester‹: Vertreter, Werbefachleute, Publicity-Fachleute, Journalisten, Prediger, Politiker, Psychologen, Jahrmarktsleute, Theatermanager. Für Arbeiten hinter den Kulissen: geschickte Mechaniker aller Art, Elektronikfachleute, Juweliere, Uhrmacher, Ingenieure, Köche, Sekretäre, Labortechniker, Physiker, Schneider. Die Mitglieder der letzten Gruppe können übrigens auch weiblich sein.«

»Keine Priesterinnen – das ist gut!«

»Ich habe mich bewußt dagegen entschieden. Kann Alec die Beurteilung von Kandidaten nach diesen Regeln übernehmen?«

»Hmm . . . Chef, es gefällt mir nicht, ihn schon so schnell seinem Schicksal zu überlassen.«

»Er wird doch keinen Fehler machen und uns bloßstellen?«

»Nein, aber sehr produktiv ist er wahrscheinlich auch nicht.«

»Es bleibt uns nichts anderes übrig, als ihn ins Wasser zu werfen und abzuwarten. Übergeben Sie Alec den Tempel und melden Sie sich hier. Sie und Scheer ziehen dann sofort in aller Offenheit nach Salt Lake City. Kaufen Sie einen zweiten Wagen und benutzen Sie den Fahrer, den Sie schon haben. Alec kann sich einen anderen Chauffeur suchen. Ich möchte, daß Scheer in achtundvierzig Stunden zurück ist. Und in ein paar Tagen müssen Ihre ersten Kandidaten auf dem Weg zur Zitadelle sein. In zwei Wochen schicke ich Ihnen Ersatz – entweder Graham oder Brooks . . .«

»Aber von den beiden ist keiner so richtig geeignet . . .«

»Sie müssen eben die Stellung halten, wenn Sie erst einmal die Vorarbeit geleistet haben. Wir schicken Ersatz, sobald wir einen geeigneten Nachfolger ausgebildet haben. Sie kommen anschließend zurück und eröffnen eine ›Priesterschule‹. Ich fange mit den vorhandenen Leuten schon in kleinem Umfang an. Das ist dann Ihre Aufgabe. Anschließend werde ich Sie wohl nicht mehr aus der Zitadelle lassen – oder nur, wenn wir irgendwo Schwierigkeiten haben.«

Thomas seufzte: »Da habe ich mir vielleicht etwas eingebrockt! Aber eine Frage: Warum gehen wir ausgerechnet nach Salt Lake City?«

»Weil sich dort bestimmt viele geeignete Kandidaten finden. Die Mormonen sind ein praktischer Menschenschlag, und wenn wir sie erst einmal für uns gewonnen haben, werden sie uns die Treue halten. Wir haben uns bisher noch nicht ausreichend um die Hilfe der legitimen Kirchen bemüht; vielleicht bietet sich hier eine Möglichkeit. Und die Mormonen praktizieren als Laienmissionare. Wenn Sie sie richtig anfassen, gewinnen Sie vielleicht eine Anzahl kluger und mutiger Leute, die gut reden können und die daran gewöhnt sind, in feindlicher Umgebung zu arbeiten. Begriffen?«

»Begriffen. Versuchen werde ich's jedenfalls.«

»Sie werden es schon schaffen! Wir schicken so schnell wie möglich Ersatz für Alec und lassen ihn dann auf Cheyenne los. Das ist kein großer Ort; wenn er da Schwierigkeiten hat, macht es nichts. Aber ich möchte wetten, daß er es schafft. Also auf nach Salt Lake City.«

Denver, Cheyenne, Salt Lake City, Portland, Seattle, San Francisco, Kansas City, Chicago, Little Rock, New Orleans, Detroit, Jersey City, Riverside, Five Points, Butler, Hackettstown und viele Städte mehr.

»Friede sei mit euch! Kommt, ihr Kranken und Bedrückten! Kommt! Bringt eure Sorgen in den Tempel des Gottes Mota! Betretet das Heiligtum, in das euch die Herren nicht zu folgen wagen. Haltet die Köpfe hoch als Weiße, denn ›Die Jünger kommen!‹

Setzt euch an die Tische, die niemals leer sind. Es gibt genügend Arbeit für alle. Ihr könnt Pilger werden und anderen das Wort weitergeben . . .«

Und sie kamen. Zuerst kamen sie aus Neugier, weil diese neue und verrückte Religion eine willkommene Ablenkung war von ihrem monotonen Sklavenleben. Ardmores instinktiver Glaube an eine richtige Werbekampagne zeitigte Früchte; ein konventionellerer, würdigerer Kult hätte niemals einen solchen Erfolg gehabt.

Nachdem sie beim erstenmal angenehm unterhalten worden waren, kamen sie aus anderen Gründen wieder. Es gab freies Essen – wem machte es schon etwas aus, vorher ein paar harmlose Lieder zu singen, wenn man anschließend zum Abendessen bleiben durfte? Die Priester Motas konnten sich Luxusgüter leisten, die Amerikaner heutzutage auf dem eigenen Tisch nur noch selten sahen – Butter, Orangen, gutes mageres Fleisch –, und sie zahlten in den staatlichen Lagerhäusern dafür mit guten Goldstücken, die das Herz der asiatischen Eroberer erfreuten.

Außerdem waren die Priester sehr hilfsbereit. Hier hatte man endlich eine Kirche, die keinen Glaubensschein verlangte; man konnte kommen und es sich schmecken lassen und wurde nicht einmal gefragt, welcher Religion man angehörte. Gewiß, die Priester schienen ihren Gott in seinen sechs Erscheinungsformen sehr ernst zu nehmen, aber was machte das? Es war ihr Beruf. Haben wir nicht immer an die religiöse Freiheit geglaubt? Außerdem mußte man zugeben, daß sie gute Arbeit leisteten.

Zum Beispiel Tamar, die Göttin der Gnade – vielleicht war wirklich etwas an der Sache. Wenn ein Kind schwer an Diphterie erkrankt ist und es von einem Diener Shaams in den Schlaf geschickt und in die goldenen Strahlen Tamars gehüllt wird, und wenn es eine halbe Stunde später völlig gesund den Tempel verläßt – ja, dann beginnt man nachdenklich zu werden. Es gibt kaum genug Ärzte; da ist ein Mann, der Krankheiten heilen kann, schon ernst zu nehmen. Auch wenn sein Getue wie mittelalterliche Zauberei anmutet – letztlich zählt nur das Ergebnis.

Aber nachhaltiger als die materiellen Vorteile wirkten die psychologischen Aspekte. In den Tempeln Motas konnte ein weißer Mann den Kopf wieder hoch tragen und brauchte sich nicht zu fürchten – etwas, das ihm in seinem eigenen Heim verwehrt war. »Hast du schon gehört? Man sagt, daß kein Gelber jemals einen Mota-Tempel betreten hat. Auch wenn sie sich als Weiße verkleiden, werden sie an der Tür einfach umgehauen. Ich habe das Gefühl, die Asiaten fürchten Mota wie den leibhaftigen Teufel.«

Rev. Dr. David Wood besuchte seinen Freund Pater Doyle. Der ältere öffnete ihm persönlich die Tür. »Kommen Sie herein, David, was für eine nette Überraschung! Wir haben uns lange nicht mehr gesehen.« Er führte den jungen Mann in sein Zimmer.

Das Gespräch bewegte sich zuerst recht ziellos dahin. Doyle merkte bald, daß Wood ein Anliegen hatte, doch der alte Priester war es gewöhnt, sich in Geduld zu üben.

Schließlich faßte sich David Wood ein Herz: »Pater, was halten Sie von diesen Leuten, die sich die Priester Motas nennen?«

»Was ich davon halte?«

»Weichen Sie mir nicht aus, Francis. Macht es Ihnen nichts aus, wenn vor unseren Augen eine heidnische Ketzerlehre entsteht?«

»Aber was ist eine heidnische Lehre, David?«

Wood schnaubte. »Sie wissen genau, was ich meine: falsche Gottheiten, Roben und bizarre Tempel – Mummenschanz!«

Doyle lächelte sanft. »Unabhängig von der Definition des Wortes, mein junger Freund, habe ich das Glaubensbekenntnis dieser Priester noch nicht näher untersucht, aber wie mir scheint, tun sie nützliche Arbeit – Arbeit, die ich selbst nicht tun konnte.«

»Aber gerade das macht mir Sorgen, Francis. In meiner Gemeinde war eine Frau, die an unheilbarem Krebs litt. Ich wußte von anderen Fällen, die angeblich von diesen Scharlatanen geheilt worden waren. Was sollte ich tun? Ich habe gebetet, aber ohne eine Antwort zu finden.«

»Und was haben Sie schließlich getan?«

»In einem Moment der Schwäche habe ich die Frau zu ihnen geschickt.«

»Und?«

»Sie wurde geheilt.«

»Dann würde ich mir keine Gedanken mehr darüber machen. Gott hat mehr Helfer als Sie und mich.«

»Einen Augenblick. Die Frau kam nur noch einmal zu mir in die Kirche. Sie hat bei diesen Götzendienern um Asyl nachgesucht und ist uns jetzt verloren. Das hat mich gepeinigt, Francis! Was bedeutet die Hilfe für ihren Körper, wenn dadurch ihre Seele beeinträchtigt wird?«

»War sie eine gute Frau?«

«O ja, eine der besten.«

»Dann glaube ich, daß Gott auf ihre Seele aufpassen wird – auch ohne Ihre oder meine Hilfe. Außerdem sind sie sogenannten Priester durchaus nicht abgeneigt, Ihre oder meine Hilfe in geistlichen Dingen in Anspruch zu nehmen. Sie vollziehen zum Beispiel keine Hochzeiten. Wenn Sie ihre Gebäude benutzen wollen, bereitet das bestimmt kein Problem . . .«

»Das kann ich mir einfach nicht vorstellen!«

»Ja, ja, aber ich habe in meinem Beichtstuhl eine Abhörvorrichtung gefunden . . .« der Priester preßte einen Augenblick ärgerlich die Lippen zusammen. »Seither habe ich mir eine Ecke des Mota-Tempels ausgeborgt und mir dort Dinge angehört, die für unsere asiatischen Herren interessant wären.«

»Francis, das können Sie doch nicht!« Etwas leiser fuhr er fort: »Weiß der Bischof davon?«

»Nun, der Bischof ist sehr beschäftigt . . .«

»Aber Francis!«

»Naja – ich habe ihm einen Brief geschrieben und ihm die Situation eingehend geschildert. Irgendwann werde ich schon jemanden finden, der in die Bischofsstadt reist und den Brief mitnehmen kann. Ich würde diese Angelegenheit ungern einem öffentlichen Übersetzer anvertrauen.«

»Dann haben Sie es ihm also nicht gesagt?«

»Habe ich nicht eben angeführt, daß ich ihm einen Brief geschrieben habe? Gott hat diesen Brief gesehen. Es dürfte dem Bischof nicht schaden, wenn er warten muß, bis er ihn zu lesen bekommt.«

Etwa zwei Monate später wurde David Wood in den Geheimdienst der Armee der Vereinigten Staaten aufgenommen und vereidigt. Danach war er nicht mehr überrascht, als ihn sein alter Freund, Pater Doyle, bei ihrem nächsten Treffen mit dem geheimen Erkennungssignal begrüßte.

Die Organisation wuchs immer weiter. Unter den Tempeln wachten die Funker an den Parafunk-Geräten – Männer, die niemals das Tageslicht sahen und ›draußen‹ als vermißt galten. Ihre Stimmung war gut, denn sie waren wieder freie Menschen, die ihren Gegner bekämpften, und sie sahen dem Tag entgegen, da sie das ganze Land von Küste zu Küste befreien konnten.

In der Zitadelle war die Organisation ebenfalls gewachsen. Frauen hielten die Informationen fest, die über Parafunk durchgegeben wurden; diese Informationen wurden klassifiziert, zusammengefaßt, ausgewertet. Zweimal täglich legte der Kommunikationsoffizier den neuesten Entwicklungsbericht auf Major Ardmores Tisch, auf dem zahlreiche organisatorische Fäden zusammenliefen. Neben den regionalen Berichten trafen vor allen Dingen Berichte aus den Labors ein. Calhoun hatte jetzt ausreichend Personal, so daß in sämtlichen Räumen sechzehn Stunden am Tag gearbeitet werden konnte.

Das Personalproblem bereitete trotzdem noch großes Kopfzerbrechen. Wie viele Leute können ein Geheimnis bewahren? Das Personal ließ sich grob in drei Gruppen teilen. Zunächst gab es die einfachen Hilfskräfte, wie Sekretärinnen, Boten und Köchinnen, die keinen Kontakt zur Außenwelt hatten. Dann das jeweilige Tempelpersonal, das mit der Öffentlichkeit in Berührung stand, das aber trotzdem nur begrenzt eingeweiht war und zum Beispiel keine Ahnung hatte, daß es in einer Armee diente. Die dritte Gruppe schließlich waren die ›Priester‹, die natürlich über alles Bescheid wissen mußten.

Die Männer dieser Gruppe wurden zur Geheimhaltung verpflichtet, erhielten einen Rang in der Armee der Vereinigten Staaten und wurden über die Ziele des Unternehmens aufgeklärt. Aber auch sie erfuhren nichts über die wissenschaftlichen Grundlagen, die ihnen die Arbeit ermöglichten. Sie wurden lediglich im Gebrauch aller Geräte unterwiesen, so daß mit Ausnahme der Ursprungsbesatzung, die die Zitadelle nur in Notfällen verließ, niemand das Geheimnis des Ledbetter-Effekts in die Welt hinaustragen konnte.

Von überall kamen die Priesterkandidaten zum Zentraltempel in der Nähe Denvers. Hier lebten sie eine Zeitlang im Kloster, das im Felsgestein zwischen dem Tempel und der Zitadelle angelegt worden war. Sie wurden jedem denkbaren Test unterworfen. Bestanden sie nicht, wurden sie als Laienbrüder zu ihren Tempeln zurückgeschickt und waren nicht klüger als zuvor. Standen sie die

Versuche jedoch durch – Versuche, die ihre Zuverlässigkeit, Ausdauer und Nervenstärke auf die Probe stellten –, wurden sie Ardmore, dem Hohenpriester Motas, vorgeführt. Die Hälfte der Männer lehnte er ohne Begründung ab; kein Mann, bei dem er ein ungutes Gefühl hatte, erhielt die Erlaubnis, Priester zu werden.

Trotz dieser Vorsicht hatte er bei jedem neuen Priester das Gefühl, hier vielleicht das schwache Glied geschaffen zu haben, das eines Tages die ganze Organisation vernichten würde.

Die Anstrengung wurde ihm bald zuviel. Er trug eine zu große Verantwortung, und es fiel ihm immer schwerer, sich zu konzentrieren und auch nur einfache Entscheidungen zu treffen. Er wurde unsicher und nervös. Diese Stimmung sprang auf seine Mitarbeiter über und drohte sich in der Organisation auszubreiten.

Es mußte etwas geschehen.

Ardmore war ehrlich genug, sich diese Schwäche einzugestehen. Er rief Thomas zu sich, redete sich seine Sorgen von der Seele und fragte ihn um Rat.

Thomas schüttelte langsam den Kopf. »Niemand weiß so gut Bescheid wie Sie.«

»Aber es muß etwas geschehen. Wir treten bald in die zweite Phase unseres Plans ein – die Phase, in der wir die PanAsiaten systematisch aufschrecken. Und wenn wir diese Kampagne auf die Spitze getrieben haben, muß die Gemeinde jedes Tempels bereit sein, als militärische Einheit zu operieren. Das bedeutet mehr Arbeit. Und ich bin einfach fertig.«

»Dann bleibt uns wohl nichts anderes übrig, als einen Führungsstab zu organisieren!«

»Aber ich habe genügend Mitarbeiter! Ein Dutzend Sekretärinnen und Boten und Helfer – ich stolpere ja förmlich über sie . . .«

»Ich habe nicht solche Mitarbeiter gemeint, sondern Könner auf Spezialgebieten, denen Sie Ihre Aufgaben delegieren müßten. Sie sind nicht auf die Militärakademie gegangen, nicht wahr?«

»Nein, verdammt!« Es stimmte. Thomas hatte von Anfang an vermutet, daß er ein militärischer Laie war und immer nur improvisiert hatte. Ardmore hatte gewußt, daß er es wußte, und doch hatten beide den Mund gehalten.

»Nun, es ließe sich denken, daß ein Absolvent einer Militärakademie die Sache umorganisieren könnte.«

»Wo bekommen wir solche Leute her? Sie sind entweder im Krieg gefallen oder nach dem Krieg liquidiert worden. Und falls einer doch entkommen ist, hält er sich bestimmt sehr im Hintergrund – was man ihm nicht übelnehmen kann.«

»Nein, meine Idee war vielleicht auch gar nicht so gut.«

»Moment, Moment, die Idee war gut. Armeen sind nicht die einzigen großen Organisationen, die es gibt. Nehmen wir einmal als Beispiel eine der großen Gesellschaften wie Standard Oil und U.S.-Steel und General Motors. Die Burschen haben doch sicher nach den gleichen Prinzipien gearbeitet.«

»Vielleicht – obwohl deren Führungskräfte oft schon sehr jung sterben, während man Generäle nach allgemeiner Ansicht mit der Axt umbringen muß.«

»Wollen mal sehen, was wir zutage fördern.«

Eine Viertelstunde später sah eine Lochkartenmaschine die Personalunterlagen jedes Mitglieds der Organisation durch. Wie es sich herausstellte, hatten mehrere Männer Erfahrung in der Leitung großer Firmen, von denen sogar einige bereits hier in der Zitadelle mehr oder weniger wichtige Verwaltungsarbeiten versahen. Man rief die Männer zusammen und forderte die übrigen auf, ›Pilgerzüge‹ zum Zentraltempel zu unternehmen. Das große Sieben begann.

Viele Kandidaten kamen von vornherein nicht in Frage, doch man fand auch einige umsichtige Männer, die vom praktischen Können her das Funktionieren einer großen doktrinären Verwaltung erfaßten.

Nun verteilte Ardmore seine Arbeit auf mehrere erfahrene Manager, die er nach und nach einarbeitete. Mit der Zeit kamen immer mehr hinzu. Ardmore konnte sich zuerst nur schwer an das neue System gewöhnen; er hatte zu lange allein zu bestimmen gehabt. Jetzt mußte er feststellen, daß er in mehrere Alter egos aufgespalten war, von denen jedes mit seiner Befugnis regierte und sich dafür verantwortete. Mit der Zeit erkannte er, daß diese Männer tatsächlich in der Lage waren, seine Grundsätze auf das jeweils anstehende Problem anzuwenden und eine Entscheidung zu fällen, die er selbst wahrscheinlich auch getroffen hätte.

So hatte er endlich Zeit, dem Gesamtprojekt etwas mehr Überlegung zu widmen. Er begann auch wieder besser zu schlafen, denn er wußte, daß stets eines seiner »anderen Gehirne« im Dienst war und aufpaßte. Er wußte auch, daß sein erweitertes Gehirn weiter funktionieren und die Aufgabe vollenden würde, wenn er sterben sollte.

Es wäre ein Fehler gewesen anzunehmen, daß die panasiatischen Behörden der neuen Religion nur positiv gegenüberstanden. Im kritischen ersten Stadium ihrer Entwicklung machten sie sich allerdings nicht klar, daß hier eine Gefahr auf sie zukam. Die Warnung des Leutnants, der zum erstenmal mit der Religion Motas in Berührung kam, verhallte ungehört; man glaubte ihm einfach nicht.

Nachdem die Priester das Recht der freien Religionsausübung und des freien Reisens erhalten hatten, schärften Ardmore und Thomas jedem Missionar die Bedeutung eines demütigen und taktvollen Verhaltens gegenüber den örtlichen Behörden ein. Das Gold der Priester war den Asiaten sehr willkommen, und so verhielten sie sich großzügiger, als sie es sonst vielleicht gewesen wären. Sie hatten – was verständlich war – das Gefühl, daß ein zahlungswilliger Sklave ein guter Sklave sein mußte. Zunächst erging also der Befehl, die Priester Motas nach Möglichkeit zu unterstützen, da sie bei der Wiederherstellung der allgemeinen Ordnung halfen.

Zwar hatten einige panasiatische Polizisten und Beamte äußerst unangenehme Erlebnisse mit Priestern, aber da diese Zwischenfälle einen Gesichtsverlust der Beteiligten zur Folge hatten, verspürten diese wenig Neigung, ihre Erlebnisse weiterzugeben.

Es dauerte daher einige Zeit, bis die bei den Behörden zusammenlaufenden Informationen zu dem Eindruck führten, daß die Priester Motas ohne Ausnahme verschiedene ärgerliche Eigenschaften hatten. Man konnte sie nicht berühren. Man konnte sich ihnen nicht einmal richtig nähern; es war, als wären sie von einer unsichtbaren Glaswand umgeben. Sie waren immun gegen Vortexpistolen. Sie ließen sich durchaus gefangennehmen, aber irgendwie blieben sie nie lange in Gewahrsam. Was das Schlimmste war – es war nicht zu leugnen, daß die Tempel Motas unter keinen Umständen von PanAsiaten betreten werden konnten.

Das war nicht länger zu dulden.

9

Der königliche Prinz ordnete die Verhaftung Ardmores persönlich an.

Natürlich wurde es nicht so ausgedrückt. An den Zentraltempel erging die Nachricht, daß der Großsohn des Himmels den Hohenpriester des Gottes Mota sprechen wollte. Die Botschaft wurde Ardmore in seinem Büro von seinem Stabschef Kendig überreicht, der zum erstenmal seit Beginn ihrer Zusammenarbeit Zeichen von Erregung zeigte. »Chef!« platzte er heraus. »Ein Schlachtschiff ist vor dem Tempel gelandet, und der Kapitän sagt, er hätte Befehl, Sie mitzunehmen!«

Ardmore legte die Dokumente hin, in denen er gelesen hatte. »Sieht so aus, als fangen jetzt die Geplänkel an – ein wenig früher als erwartet.« Er runzelte die Stirn.

»Was wollen Sie unternehmen?«

»Sie kennen meine Methoden. Was werde ich Ihrer Meinung nach tun?«

»Nun – Sie werden wohl mitfliegen. Aber das macht mir Sorgen. Ich wünschte, Sie blieben hier.«

»Was kann ich denn tun? Wir sind zum offenen Bruch noch nicht bereit. Eine Weigerung würde unserer bisherigen Haltung nicht entsprechen. Ordonnanz!«

»Ja, Sir?«

»Schicken Sie mir meinen Garderobier. Volle Robe und alles Drumherum. Dann richten Sie bitte Captain Thomas meine Empfehlung aus. Er möchte mich sofort aufsuchen.«

»Jawohl, Sir.« Die Ordonnanz machte sich am Visiphon zu schaffen.

Ardmore unterhielt sich mit Kendig und Thomas, während er angekleidet wurde. »Jeff – jetzt sind Sie dran.«

»Wie?«

»Wenn mir etwas zustößt und ich Verbindung mit dem Hauptquartier verliere, sind Sie befehlshabender Offizier. Sie finden Ihre Ernennung in meinem Tisch, unterzeichnet und gesiegelt.«

»Aber Chef . . .«

»Keine Widerrede. Diese Entscheidung habe ich schon vor längerer Zeit getroffen. Kendig weiß Bescheid, ebenso wie die anderen Herren des Stabes. Ich hätte Sie längst schon in die Führung aufgenommen, wenn Sie mir im Geheimdienst nicht wichtiger gewesen wären.« Ardmore warf einen Blick in den Spiegel und strich sich über seinen blonden Bart, »Sie haben vielleicht bemerkt, daß ich keinen Stabsoffizier über Sie gestellt habe, da ich diese Eventualität schon bedenken mußte.«

»Und was ist mit Calhoun?«

»O ja, Calhoun. Ihre Ernennung zum Stabsoffizier macht Sie automatisch zum Vorgesetzten Calhouns, technisch gesehen. Ich fürchte, das ändert aber nichts daran, daß er Probleme macht. Sie werden eben sehen müssen, wie Sie mit ihm fertig werden. Sie haben die Macht, aber setzen Sie sie vernünftig ein. Doch das brauche ich Ihnen ja nicht zu sagen.«

Ein Bote stürzte ins Zimmer und salutierte. »Sir, der wachhabende Tempeloffizier sagt, daß der panasiatische Kommandeur sehr ungeduldig wird.«

»Gut, das ist mir recht. Haben Sie die Schwingungen eingeschaltet?«

»Jawohl, Sir – wir sind schon alle ganz nervös.«

»Gut. Lassen Sie durch den Wachoffizier ausrichten, daß ich jetzt noch nicht gestört werden kann.«

»Jawohl, Sir!« Die Ordonnanz machte auf dem Absatz kehrt.

»Ich bin froh, daß wir rechtzeitig die neuen Kopfhörer eingebaut haben«, sagte Ardmore und rückte seinen Turban zurecht. Der Turban hatte ursprünglich nur den Projektor für den Heiligenschein enthalten; die Anlage war jetzt um einen kleinen Sender und ein Knochenmikrophon erweitert worden.

»Hier kommandierender Offizier – Testversuch«, sagte Ardmore leise.

Eine gedämpfte Stimme erwiderte in seinem Turban: »Hier Kommunikationsoffizier, Test einwandfrei.«

»Gut. Richten Sie bis auf Widerruf Ortung auf mich aus. Sorgen Sie dafür, daß ich durch den nächstgelegenen Tempel mit der Zentrale in Verbindung bleibe. Es kann sein, daß ich im Notfall sehr schnell Rundschaltung A in Anspruch nehmen muß.«

Rundschaltung A war eine Direktverbindung mit jedem Tempel im Lande.

In diesem Augenblick ertönte eine Klingel an Ardmores Schreibtisch, und eine Faksimile-Meldung erschien im Kopiergerät. »DRINGEND! Sagen Sie dem Chef, daß irgend etwas im Gange ist. Ich kann noch nicht feststellen, worum es geht, aber die führenden Leute machen einen sehr zufriedenen Eindruck. Vorsicht ist dringend geboten. Captain Downer.«

Ardmore riß die Meldung stirnrunzelnd ab und wandte sich an seine Ordonnanz. »Lassen Sie Mr. Mitsui holen.«

Als der Asiate den Raum betrat, reichte ihm Ardmore das Papier. »Frank, wenn Sie der königliche Prinz wären, was würden Sie mit meiner Verhaftung zu erreichen hoffen? Sie wissen natürlich, daß ich verhaftet werden soll.«

»Ich schätze, ich würde Sie auf Eis legen und dann Ihren Kirchen auf den Pelz rücken.«

»Hmm.« Ardmore sprach wieder direkt in die Luft. »Kommunikationszentrale. Ich möchte, daß Sie über Rundschaltung A folgende Nachricht hinausgeben. Alle Priester, soweit sie zur Zeit nicht in den Tempeln sind, sollen sich augenblicklich dorthin zurückbegeben. Vollzugsmeldung in jedem Fall.«

Ardmore betrat den Saal des Tempels durch die Tür an der Rückseite des Altars. Gemessen bewegte er sich dann auf das große Portal zu. Er wußte, daß der panasiatische Offizier seine Annäherung beobachten konnte. Während seine zahlreichen Begleiter in farbenfrohe Roben gekleidet waren, trug er nur einen weißen Umhang. Er trat vor den Tempel und wandte sich an den wütenden Asiaten. »Ihr Herr wünscht mich zu sprechen?«

Der PanAsiate hatte Mühe, seine Beherrschung nicht zu verlieren. Schließlich brachte er heraus: »Sie hatten den Befehl, sich bei mir zu melden! Wir können Sie es wagen . . .«

Ardmore unterbrach ihn. »Wünscht Ihr Herr mich zu sprechen?«

»Aber gewiß! Warum haben Sie nicht . . .?«

»Dann dürfen Sie mich zu ihm begleiten.« Er ließ den Offizier stehen und ging mit schnellen Schritten die Treppe hinab, so daß dem Asiaten und seiner Begleitung nichts anderes übrigblieb, als ihm eilig zu folgen.

Ardmore kannte die Stadt, die der königliche Prinz zu seiner Residenz gemacht hatte, aus der Zeit vor dem Kriege. Als das Flugzeug auf dem städtischen Flugplatz landete, sah er sich interessiert um. Rein äußerlich schien sich wenig verändert zu haben.

Bald war er durch andere Dinge zu sehr in Anspruch genommen, um noch auf seine Umgebung zu achten. Seine Bewacher umringten ihn, führten ihn zum Fahrstuhl und begleiteten ihn in die unterirdischen Korridore der Stadt. Sie passierten zahlreiche bewachte Durchgänge. Ardmore ergriff die Gelegenheit, seine

Funkverbindung zu testen. »Großer Gott Mota«, sagte er, »vernimmst du die Worte deines Dieners?« Der Anführer seiner Eskorte musterte ihn von der Seite, ohne etwas zu sagen.

Die leise Stimme antwortete sofort: »Alles in Ordnung, Chef. Sie sind über den Ortstempel mit uns verbunden.« Es war Thomas.

»Gott Mota spricht, sein Diener hört. Es steht geschrieben, daß Hasen lange Ohren haben . . .«

»Ah – Sie können also nicht frei sprechen?«

»Ja, jetzt und in alle Ewigkeit. Versteht Gott Mota die Bebe-Sprache?«

»Natürlich, Chef, aber langsam.«

»Dabas ibist gubut. Mebehr späbäteber.« Befriedigt unterbrach er die Verbindung. Er hoffte, daß die PanAsiaten auch jetzt ein Mikrofon auf ihn gerichtet hatten, denn er war überzeugt, daß sie seine Sprachverformung nicht so schnell erkennen würden.

Der königliche Prinz hatte sich nicht nur von Sorge, sondern auch von Neugier leiten lassen, als er die Vorführung des Hohenpriesters von Mota anordnete. Es stimmte, daß die Dinge nicht ganz so standen, wie er sie gern gehabt hätte, aber im Grunde hielt er seine Berater für hysterische Waschweiber. Wann hatte sich eine Religion schon einmal negativ für die Invasoren ausgewirkt? Die Sklaven brauchten eine Klagemauer. Sie gingen in ihre Tempel, flehten ihre Götter um Befreiung an und kehrten entspannt und erleichtert auf die Felder und in die Fabriken zurück.

»Aber«, hatte einer seiner Berater zu bedenken gegeben, »dabei gehen wir immer davon aus, daß die Götter diese Gebete auch nicht erhören.«

Das stimmte; niemand erwartete von einem Gott, von seinem Podest herunterzuklettern und tatsächlich etwas zu unternehmen. »Aber was hat denn dieser Gott Mota getan? Hat ihn jemand zu Gesicht bekommen?«

»Nein, Durchlaucht – aber wir können seine Tempel nicht betreten . . .«

»Habe ich nicht Befehl gegeben, die Sklaven in Ruhe zu lassen?«

»Natürlich, Durchlaucht, aber auch unsere Geheimpolizei ist nicht in der Lage gewesen, die Vorgänge in den Tempeln für Sie zu überprüfen.«

»So? Vielleicht waren sie ungeschickt! Woran sind sie gescheitert?«

»Das ist es ja gerade«, sagte der Berater und schüttelte den Kopf. »Sie können sich an nichts erinnern.«

»Aber das ist doch lächerlich! Holen Sie mir einen der Burschen herein!«

Der Berater breitete die Arme aus. »Es tut mir leid, Durchlaucht . . .«

»So? Oh, natürlich, natürlich. Friede ihren Seelen!« Er senkte nachdenklich den Kopf. Dabei fiel sein Blick auf die kunstvoll geschnitzten Schachfiguren auf dem Brett vor ihm. Vorsichtig hielt er einen Bauern über ein Feld. Nein, das war nicht die Lösung. Weiß war dran, und Schachmatt in vier Zügen. Auf diesem Weg brauchte er fünf. »Vielleicht sollten wir ihnen eine Steuer auferlegen.«

»Das haben wir schon versucht.«

»Ohne meine Erlaubnis?« fragte der Prinz sanft.

Der Berater wischte sich den Schweiß von der Stirn.

»Gut, Sie haben also Steuern erlassen. Hohe Steuern, wie ich hoffen möchte. Was ist passiert?«

»Sie haben bezahlt. Wir haben den Betrag verdreifacht, und sie haben ebenfalls bezahlt.«

»Dann verzehnfachen Sie die Steuer! Setzen Sie den Betrag so hoch an, daß sie unmöglich zahlen können!«

»Aber Durchlaucht, darum geht es ja. Das Gold, mit dem sie bezahlen, ist chemisch rein. Dieses Gold ist künstlich hergestellt, durch Umwandlung. Diese Priester können jede denkbare Steuer tragen. Nach meiner unmaßgeblichen Meinung, die sich natürlich der erhabenen Weisheit beugen würde, handelt es sich bei dem Mota-Kult nicht um eine Religion, sondern um eine unbekannte Wissenschaft.«

»Wollen Sie sagen, daß diese Barbaren über wissenschaftliche Kenntnisse verfügen, die die Auserwählte Rasse nicht besitzt?«

»Bitte, Durchlaucht, sie verfügen über irgendwelche Kräfte, die Ihr Volk demoralisieren. Die Zahl der Selbstmorde aus Ehrengründen hat alarmierend zugenommen, und die Anträge auf Rückkehr in das Land unserer Väter sind sehr zahlreich.«

»Zweifellos haben Sie Mittel und Wege gefunden, solche Eingaben zu unterbinden.«

»Ja, Durchlaucht, aber dadurch haben sich wiederum die Selbstmorde vermehrt. Ich muß leider sagen, daß der Kontakt mit den Priestern Motas Ihre Untertanen zu beeinflussen scheint.«

»Hmm. Ich glaube, ich werde mich mit diesem Hohenpriester Motas unterhalten.«

Der königliche Prinz beobachtete Ardmores Annäherung mit großem Interesse. Dieser Mann hatte keine Angst und trug – wie der Prinz sich eingestehen mußte – eine gewisse natürliche Würde zur Schau, die bei einem Barbar erstaunte. Das Gespräch versprach interessant zu werden. Was war das für ein leuchtender Schimmer über seinem Kopf? Eine amüsante Spielerei . . .

Ardmore blieb vor dem Thron stehen und sprach mit erhobener Hand eine Segnung aus. »Sie haben darum gebeten, daß ich Sie aufsuche, Herr?«

»Allerdings.« Wußte der Mann nicht, daß er niederknien mußte?

Ardmore sah sich um. »Würde der Herr seine Diener ersuchen, mir einen Stuhl zu besorgen.«

Wirklich, der Mann war entzückend! Schade, daß er sterben mußte. Oder vielleicht war es möglich, ihn ein wenig im Palast zu behalten – als Mittel gegen die Langeweile.

Er hob eine Hand. Zwei Diener hasteten mit einem Stuhl herbei. Ardmore setzte sich, den Blick auf das Schachspiel gerichtet. Der Prinz bemerkte seinen Blick und fragte: »Kennen Sie das Kampfspiel?«

»Ein wenig, Herr.«

»Wie würden Sie dieses Problem lösen?«

Ardmore stand auf und beugte sich über das Schachbrett. Er musterte es einen Augenblick, während ihn der Orientale beobachtete.

»Ich würde diesen Bauern – hierher setzen«, sagte Ardmore schließlich.

»Dorthin? Das ist ein sehr unorthodoxer Zug.«

»Aber notwendig. Von dort ist dann in drei Zügen Matt. Aber das weiß der Herr natürlich.«

»Natürlich, ja natürlich. Doch ich habe Sie nicht zum Schachspielen kommen lassen«, fügte er hinzu. »Ich habe zu meinem Bedauern gehört, daß es Klagen über Ihre Anhänger gegeben hat.«

»Die Sorge des Herrn ist auch meine Sorge. Darf der ergebene Diener fragen, auf welche Weise seine Kinder gefehlt haben?«

Aber der Prinz war schon wieder in die Betrachtung des Schachbretts versunken. Er hob einen Finger, und ein Diener kniete sich mit einer Schreibplatte neben ihn. Er tauchte einen Pinsel in die Tinte, malte eilig einige Zeichen auf und siegelte den Brief mit seinem Ring. Der Diener entfernte sich hastig. »Was haben Sie gesagt?« fragte der Prinz.

»Würde der Herr seinem ergebenen Diener sagen, welche seiner Kinder sich Vergehen haben zuschulden kommen lassen und auf welche Weise er sie zurechtweisen kann?«

Der Prinz mußte sich eingestehen, daß diese Bitte einigermaßen unbequem war. Der Mann hatte es verstanden, ihn in die Defensive zu drängen; er war es nicht gewöhnt, um Einzelheiten gebeten zu werden. Ganz abgesehen davon gab es keine Antwort auf diese Frage; die Priester Motas hatten sich in jedem Falle einwandfrei geführt.

»Es geht nicht an, daß ein Diener den Herrn befragt. So haben Sie jetzt ebenso gefehlt wie Ihre Anhänger.«

»Ihre Vergebung, Herr. Wenn der Sklave auch nicht fragen soll, steht nicht doch geschrieben, daß er um Gnade und Hilfe bitten darf? Wir sind einfache Diener, die nicht über die Weisheit der Sonne und des Mondes verfügen. Sind Sie nicht unser Vater und unsere Mutter? Werden Sie uns nicht unterweisen und lenken?«

Der Prinz hielt an sich, um sich nicht auf die Lippe zu beißen. Wie hatte das geschehen können? Mit ein paar verdrehten Worten hatte ihm dieser Barbar wieder den schwarzen Peter zugeschoben. Man durfte nicht zulassen, daß der Mann noch länger den Mund auftat! Doch er kam um eine Antwort nicht herum; wenn ein Sklave um Gnade fleht, gebietet die Ehre eine Antwort.

»Die Art des Auftretens Ihrer Priester gegenüber den Auserwählten ist unziemlich. Diese Beleidigung korrumpiert den Charakter aller, die Zeuge einer solchen Szene sind.«

»Darf ich dem entnehmen, daß die Auserwählte Rasse die Lehre des Gottes Mota gering achtet?«

Er hatte es wieder geschafft! Nach den Regeln vernünftiger Besatzungspolitik durfte er die Sklavengötter nicht in Zweifel stellen.» Nicht die Lehre Ihres Gottes wird als unziemlich angesehen, sondern das Verhalten Ihrer Priester – das dem von Dienern entsprechen muß.«

Ardmore wurde plötzlich dringend gerufen. Thomas' Stimme dröhnte ihm im Kopf. »Chef! Können Sie mich hören? Vor allen Tempeln sind Polizeieinheiten erschienen und fordern, daß sich die Priester ergeben. Wir erhalten Meldungen aus dem ganzen Land!«

»Gott Mota hört!« Dieser Ausruf war an den Prinzen gerichtet; verstand ihn Jeff ebenfalls richtig?

»Galt das mir?« fragte Jeff im gleichen Augenblick.

»Dann unterweisen Sie auch seine Anhänger entsprechend!« Der Prinz hatte so schnell geantwortet, daß sich Ardmore keine doppelsinnige Erwiderung auf Jeffs Frage zurechtlegen konnte. Aber er gedachte seine Information einzusetzen.

»Wie kann ich meine Priester unterweisen, wenn Sie sie in diesem Augenblick verhaften lassen?« Ardmore gab sich plötzlich nicht mehr ehrerbietig, sondern schlug einen anklagenden Ton an.

Das Gesicht des Prinzen blieb unbewegt; nur seine Augen verrieten seine Überraschung. Hatte der Mann den Inhalt des Schreibens erraten? »Sie fantasieren ja!«

»O nein! Während Sie mich darin unterweisen, wie ich meine Priester anzuleiten habe, klopfen Ihre Soldaten an die Türen aller Tempel Motas. Aber sie haben seine Priester nicht verhaften können und würden das auch nicht schaffen, wenn nicht Gott Mota selbst den Befehl dazu gäbe. In dreißig Minuten, wenn sich die Priester durch Gebete darauf vorbereitet und sich gegen alle Anfechtungen gerüstet haben, werden sie sich ausnahmslos an der Schwelle ihrer Tempel ergeben.«

»So ist's richtig, Chef! Sie meinen, daß sich jeder Tempelpriester in genau dreißig Minuten in Gewahrsam begibt – bewaffnet mit allem, was wir haben. Sagen Sie etwas, wenn das nicht stimmt! Ansonsten geht's los!«

Das Gesicht des Prinzen war eine versteinerte Maske. »Schafft ihn fort!«

Noch Minuten, nachdem man Ardmore hinausgeführt hatte, saß seine Durchlaucht vor dem Schachbrett und biß sich auf die Unterlippe.

Ardmore wurde im Kellergeschoß in eine metallverkleidete Zelle gesperrt; man wollte offenbar kein Risiko eingehen. Er setzte sich sofort mit der Zitadelle in Verbindung.

»Gott Mota, hör deinen Diener!«

»Ja, Chef.«

»Der Hexendoktor möchte mit den anderen Staffelpiloten ein kleines Techtelmechtel halten.«

»Oh, ich verstehe – es sind also noch Lauscher in der Nähe. Weiter so – ich verstehe Sie gut. Sie wollen Rundschaltung A?«

»Aber pronto!«

Nach kurzer Pause sagte Thomas: »Okay, Chef, alles klar. Ich bleibe als Dolmetscher in der Leitung. Sie haben noch fünf Minuten, wenn sich alle rechtzeitig in Gefangenschaft begeben sollen.«

Ardmore war überzeugt, daß ihm die PanAsiaten ein Mikrofon in die Zelle geschmuggelt hatten; aber das war ihm egal. Selbst dem intimsten Kenner einer Fremdsprache fällt es schwer, ihre umgangssprachlichen Besonderheiten zu erfassen, so daß er einigermaßen sicher war, seine Wärter nur zu verwirren. Vielleicht glaubten sie sogar, er hätte den Verstand verloren und spräche mit seinem Gott.

»Paß auf, Cherubin – Mamma möchte, daß Kindchen zum bösen Wolf geht. Es ist alles schnieke, solange das Balg nicht an der Rassel rüttelt; dann fängt aber auch der Baby-Sitter an, nervös zu werden.«

»Habe ich das richtig verstanden, Chef? Die Priester sollen sich ergeben und die PanAsiaten durch ihre Ruhe nervös machen. Einsatz der Stäbe erst auf Ihren Befehl! In Ordnung?«

»Elementar, mein lieber Watson!«

»Und danach?«

»Das kommt später. Okay.«

Ardmore wartete, bis er sicher sein konnte, daß alle nicht unmittelbar mit der Bewachung der Gefangenen betrauten Pan Asiaten zu Bett gegangen waren. Sein Vorhaben konnte nur gelingen, wenn niemand von den Invasoren wußte, was eigentlich geschehen war. In der Nacht waren die Chancen am besten.

Schließlich setzte er sich mit Thomas in Verbindung und gab den Einsatzbefehl. »Hei, hei – raus und frei!«

»Ausbruch?«

»Natürlich!« Das Unternehmen war vorher abgesprochen worden. Thomas gab den Durchführungsbefehl weiter.

Ardmore stand auf und streckte die ermüdeten Glieder. Er stellte sich so, daß er einen Schatten an die Wand warf. Dann nahm er seinen Stab, überzeugte sich noch einmal, daß die Frequenz auf Betäubung eingestellt war, und aktivierte den Projektor.

Sekunden später schaltete er ihn wieder ab und stellte die Kontrollen um. Diesmal richtete er den Stab auf seinen Schatten an der Wand. Lautlos begannen sich Atome aufzulösen, begannen sich als Stickstoff mit der Luft zu vermischen. Wo vorher feste

Wand gewesen war, gähnte jetzt eine Öffnung von der Größe und Form eines Mannes. Lächelnd verpaßte Ardmore der Gestalt noch einen Heiligenschein und zwängte sich durch das Loch.

Dann bahnte er sich langsam einen Weg durch das Gebäude. Überall lagen besinnungslose PanAsiaten. Er fand schließlich den Ausgang und trat auf die Straße. »Ich kenne mich hier nicht aus, Jeff. Wie geht es weiter?« fragte er.

»Moment, Chef – Sie sind . . . Nein, wir können Sie nicht kreuzpeilen, aber Sie sind fast direkt südlich vom Ortstempel. Sind Sie immer noch beim Palast?«

»Ich stehe unmittelbar davor.«

»Dann brauchen Sie nur nach Norden zu gehen. Es ist nur etwa neun Querstraßen weit.«

»Wo ist Norden? Ich bin ganz durcheinander. Nein, einen Augenblick – ich habe eben den Großen Bären gefunden. Jetzt weiß ich Bescheid.«

»Beeilen Sie sich, Chef.«

Er schlug einen scharfen Dauerlauf an, den er jedoch nach einigen hundert Metern wieder aufgeben mußte. Verdammt, überlegte er, man verliert hinter dem Schreibtisch an Kondition.

Unterwegs stieß er auf mehrere panasiatische Polizisten, die er mit seinem Ledbetter-Strahler mühelos ausschaltete. Weiße waren – mit Ausnahme einiger verblüffter Straßenkehrer – nicht zu sehen. Die Ausgangssperre wurde strikt eingehalten.

Da war der Tempel! Seine Wände leuchteten in den Farben der Götter. Er rannte los und stürzte in das Gebäude. Der Ortspriester, der aus einer anderen Richtung kam, folgte ihm dicht auf den Fersen.

Er begrüßte den Priester herzlich und merkte erst jetzt, da er in Sicherheit war und wieder mit Freunden sprechen konnte, wie angespannt er gewesen war. Die beiden Männer verschwanden hinter dem Altar und gingen nach unten in den Funkraum, wo sich der Kommunikationsoffizier und sein Kollege sichtlich über sein Erscheinen freuten.

Dankbar akzeptierte er eine Tasse schwarzen Kaffee. Dann bat er den Funker, die Rundschaltung A aufzuheben und eine direkte Fernsehverbindung zwischen dem Hauptquartier und dem Tempel herzustellen.

Thomas schien vor Freude fast aus dem Schirm zu springen. »Whitey!« brüllte er. Seit der großen Katastrophe wurde Ardmore zum erstenmal bei seinem Spitznamen genannt; er hatte gar nicht gewußt, daß Thomas ihn kannte. Aber er freute sich über den kleinen Ausrutscher.

»Hallo, Jeff!« rief er dem Schirm zu. »Haben Sie schon etwas gehört?«

»Ja, wir bekommen laufend neue Berichte.«

»Geben Sie sie mir direkt. Rundschaltung A ist mir zu umständlich.«

Nach kaum zwanzig Minuten hatte sich auch der letzte Tempel gemeldet. Alle Priester waren zurück. »Gut«, sagte Ardmore. »Jetzt möchte ich, daß jeder Priester seinen Stab umstellt und die Gelben wieder wachmacht.«

»Okay. Darf ich fragen, warum wir nicht einfach abwarten, bis die Wirkung von selbst nachläßt?«

»Weil die ganze Sache viel geheimnisvoller ist, wenn die Pan Asiaten zu sich kommen, ehe sie von irgend jemandem gefunden werden. Mit unserem Unternehmen wollten wir doch ihre Moral erschüttern. Und diese Wirkung wird durch das Aufwecken sicher noch gesteigert.«

»Stimmt – wie üblich. Ich gebe den Befehl sofort weiter.«

»Gut. Anschließend soll jeder Priester den Schutzschild seines Tempels überprüfen, den Vierzehn-Hertz-Ton anschalten und sich schlafenlegen – dabei bleibt natürlich eine Wachmannschaft auf. Ich könnte mir denken, daß wir morgen viel zu tun haben.«

»Ja, Sir. Kommen Sie nicht herüber?«

»Nein – ich kann die Sache ebensogut von hier aus überwachen. Geben Sie das Kommando jetzt an den diensthabenden Offizier ab und legen Sie sich schlafen!«

»Jawohl, Sir.«

Ardmore nahm zusammen mit dem Priester noch eine Mahlzeit ein und ließ sich dann einen Raum im Keller zuweisen.

10

Ardmore wurde vom diensthabenden Funker geweckt. »Major Ardmore! Die Zitadelle hat etwas Dringendes!«

»Wie spät ist es denn?«

»Etwa acht Uhr. Bitte, beeilen Sie sich, Sir.«

Als er das Parafunkgerät erreichte, war er einigermaßen wach. Thomas' Gesicht flimmerte auf dem Schirm. Er begann sofort zu sprechen. »Eine neue Entwicklung, Chef – leider eine unangenehme. Die panasiatische Polizei treibt systematisch alle Mitglieder unserer Gemeinden zusammen.«

»Das war zu erwarten. Wie weit ist man damit?«

»Ich weiß es nicht. Ich habe Sie sofort angerufen, als ich den ersten Bericht erhielt; inzwischen hören wir aus dem ganzen Land.«

»Na, dann müssen wir uns wohl ans Werk machen.« Für einen bewaffneten und beschirmten Priester war es kein Problem, sich der Verhaftung zu widersetzen – die Bevölkerung jedoch war absolut wehrlos.

»Chef, erinnern Sie sich, was die PanAsiaten nach dem ersten Aufstand gemacht haben? Ich habe Angst . . .«

Ardmore konnte seinen Adjutanten verstehen, doch er zeigte seine Gefühle nicht. »Nehmen Sie es nicht so schwer, alter Junge«, sagte er leise. »Bisher ist noch nichts passiert, und ich kann mir auch nicht vorstellen, daß wir es dazu kommen lassen.«

»Aber was wollen Sie unternehmen? Wir haben einfach nicht genügend Leute.«

»Für einen direkten Eingriff natürlich nicht. Aber es gibt vielleicht eine Möglichkeit. Sie konzentrieren sich jetzt darauf, Informationen zu sammeln und weiterzugeben. Im übrigen sorgen Sie dafür, daß niemand vorzeitig durchdreht. Ich rufe in etwa einer Viertelstunde zurück.«

Ardmore wandte sich ab. Er mußte nachdenken. Sein Problem bestand darin, daß er nicht genügend Stabprojektoren hatte, um jeden Schutzbedürftigen damit auszustatten. Und einen Schutzschild auf größere Entfernungen auszudehnen bedeutete eine entsprechende Verringerung der Widerstandskraft.

Er machte sich klar, daß er das Problem zu direkt anging, obwohl er die Sinnlosigkeit eines solchen Versuches einsah. Er brauchte einen psychologischen Hebel; er suchte eine Möglichkeit, sich die Stärke der PanAsiaten zunutze zu machen. Er mußte sie in die Irre führen – das war es! Was sie auch von ihm erwarten mochten – er mußte das Gegenteil tun! Laß dir etwas Unerwartetes einfallen!

Aber was? Als er die Antwort gefunden zu haben glaubte, setzte er sich wieder mit Thomas in Verbindung. »Jeff«, sagte er. »Geben Sie mir Rundschaltung A.«

Er sprach einige Minuten lang und ging dabei sorgfältig auf alle Einzelheiten seines Planes ein. Schließlich fragte er: »Noch Unklarheiten?« Im Anschluß daran beantwortete er die Fragen, die ihm von den Priestern gestellt wurden.

Ardmore und der Priester verließen gemeinsam den Tempel. Er hatte die Einwände der anderen zurückgewiesen, obwohl er im Grunde seines Herzens wußte, daß er ein solches Risiko eigentlich nicht eingehen durfte.

»Wie wollen Sie feststellen, wohin man unser Volk gebracht hat?« fragte der Priester. Er hieß Ward und war vor dem Krieg Grundstücksmakler gewesen.

»Was würden Sie tun, wenn ich nicht hier wäre?«

»Ich weiß nicht. Wahrscheinlich würde ich auf ein Polizeirevier gehen und versuchen, die Information aus dem diensthabenden Offizier herauszuholen.«

»Das klingt vernünftig. Wo ist die nächste Polizeistation?«

Die Stadtzentrale der panasiatischen Polizei lag in der Nähe des Palastes. Zahlreiche PanAsiaten kamen ihnen entgegen, die beim Anblick der Priester erstaunt stehenblieben. Aber sie wurden nicht aufgehalten. Auch die Polizisten schienen nicht zu wissen, was sie tun sollten.

Auf den Stufen zur Polizeistation trat ihnen ein nervöser Pan Asiatischer Offizier entgegen, der ihre Verhaftung aussprach.

Die beiden Männer gingen direkt auf ihn zu. Ward hob segnend die Hand und intonierte: »Friede! Bringen Sie mich zu meinem Volk!«

»Verstehen Sie mich nicht?« rief der PanAsiate mit schriller Stimme. »Sie sind verhaftet!« Nervös betastete seine Hand den Pistolenhalfter.

»Ihre irdischen Waffen helfen Ihnen nicht«, sagte Ardmore ruhig. »Der große Gott Mota befiehlt Ihnen, mich zu meinem Volk zu bringen.« Er trat noch einen Schritt vor, bis sein Schutzschirm den PanAsiaten berührte.

Die Berührung dieses unsichtbaren Energiekörpers war zuviel

für den Mann. Er trat einen Schritt zurück, zog seine Waffe und feuerte. Der Vortexring wurde von dem Schirm absorbiert.

»Gott Mota ist ungeduldig!« sagte Ardmore leise und rückte weiter vor. Instinktiv wandte sich der PanAsiate zur Flucht, doch Ardmore preßte ihn mit einem Druckstrahl an die Tür. »Wo ist mein Volk?« fragte er.

»Im Park!« keuchte der Mann schreckerfüllt.

Die beiden Priester wandten sich würdevoll um und schritten davon.

Der Park umgab das ehemalige Landesparlament. Hier war die Gemeinde hinter hastig errichteten Zäunen zusammengetrieben worden, von zwei Reihen panasiatischer Soldaten umringt. Auf einer Plattform installierten Techniker einige Fernsehkameras. Anscheinend sollte den Sklaven wieder eine Lektion erteilt werden. Allerdings war von den umfangreichen Apparaten, die zur Erzeugung der Epilepsie-Strahlen erforderlich waren, nichts zu sehen.

Ardmore verspürte den unwiderstehlichen Drang, seinen Stab zu aktivieren und alle Soldaten zu Boden gehen zu lassen. Die Pan Asiaten beachteten ihn nicht, und es schien möglich, daß sein Angriff Erfolg hatte, ehe den hilflosen Menschen etwas geschah. Aber er hielt sich zurück, er mußte mit anderen Mitteln arbeiten, denn letztlich kam er gegen die Übermacht von Soldaten, die die PanAsiaten ins Feld führen konnten, nicht an. Trotzdem mußte er diese Menge irgendwie sicher in den Tempel schaffen.

Die Eingesperrten erkannten Ward und vielleicht auch den Hohenpriester. Hoffnung erschien auf den Gesichtern, und ein erwartungsvolles Raunen ging durch die Menge. Aber die beiden Priester widmeten der Gemeinde nur einen kurzen Augenblick, ehe sie weiterschritten und sich dem panasiatischen Kommandanten zuwandten.

»Friede!« rief Ardmore. »Ich bin gekommen, um Ihnen zu helfen.«

Der PanAsiate rief einen Befehl in seiner Muttersprache. Zwei Soldaten rannten herbei und versuchten Ardmore gefangenzunehmen. Doch sie glitten trotz aller Bemühungen an seinem Schirm ab und wandten sich schließlich an ihren Vorgesetzten.

Ardmore ignorierte sie und ging weiter. »Man sagt mir, mein Volk habe gesündigt«, verkündete er. »Gott Mota wird sich dieser Sünde annehmen!«

Ohne auf eine Antwort zu warten, wandte er dem verblüfften Offizier den Rücken und brüllte: »Im Namen Shaams, des Friedensgottes!« Damit richtete er seinen Stab auf die Menschenmenge und schaltete die grünen Strahlen ein. Wie von einem starken Sturm hingemäht, sanken Männer, Frauen und Kinder zu Boden. In Sekundenschnelle war in der Umzäunung niemand mehr auf den Beinen.

Der Gesichtsausdruck des panasiatischen Offiziers spottete jeder Beschreibung. Er wußte, wie er mit einer Opposition umzugehen hatte. Aber eine derart bereitwillige Mithilfe raubte ihm die Sprache.

So etwas gab es einfach nicht!

Ardmore ließ ihm keine Zeit zum Nachdenken. »Der Diener bittet, diese Strafe zu akzeptieren. Gott Mota will noch ein übriges tun und Ihnen ein Geschenk machen.«

Mit diesen Worten schaltete er ein grell-weißes Licht ein und ließ die Strahlen auf einen Stapel Waffen zu seiner Rechten fallen. Ward übernahm eine Gewehrpyramide auf der linken Seite. Die Waffen glühten auf, flimmerten und verwandelten sich in – Gold!

Die panasiatischen Soldaten wurden durchweg nicht besser bezahlt als die Soldaten anderer Länder. Sie wurden unruhig, reckten die Hälse und betrachteten den Waffenhaufen. Als ein Sergeant eins der Gewehre aufnahm und aufgeregt etwas in seiner Muttersprache sagte, gab es kein Halten mehr.

Die Männer rasten herbei und kämpften um die goldenen Stücke. Sie kümmerten sich nicht mehr um ihre Offiziere, die selbst nicht frei waren vom Goldfieber.

Ardmore wandte sich an seinen Begleiter, nickte und richtete seinen Stab auf den panasiatischen Kommandanten, während sich Ward um die Stabsoffiziere kümmerte. Die Männer sanken betäubt zu Boden.

Ardmore stellte seinen Stab um und weckte die amerikanischen Gefangenen wieder auf. Damit begann die schwierige Aufgabe, dreihundert verwirrte Menschen in eine Richtung in Marsch zu setzen. Sie bewältigten schließlich das Problem, und mit Hilfe der Druckstrahlen hielt Ardmore seine Schäfchen bei der Herde.

Der Weg zum Tempel wurde in knapp zehn Minuten zurückgelegt, und obwohl sich mancher schon nach wenigen Metern erschöpft zeigte, erreichten alle unbehindert das Ziel.

Ardmore wischte sich den Schweiß von der Stirn, als er schließlich durch das Tempelportal stolperte. »Ward«, fragte er seufzend, »haben Sie etwas zu trinken da?«

Noch ehe er eine Zigarette zu Ende rauchen konnte, hatte ihn Thomas wieder mit Beschlag belegt. »Das Unternehmen ist anscheinend bisher erfolgreich verlaufen«, berichtete er. »Etwa zwanzig Prozent aller Priester haben sich mit ihren Gemeinden zurückgemeldet.«

»Ausfälle?«

»Ja. Wir haben die gesamte Gemeinde von Charleston, Südkarolina, verloren. Die Leute waren schon tot, als der Priester eintraf. Er hat anschließend mit seinem Stab eine große Anzahl PanAsiaten umgebracht, ehe er sich zu seinem Tempel zurückkämpfte und Bericht erstattete.«

Ardmore schüttelte den Kopf. »Das tut mir leid. Ich bedaure den Verlust, aber er hätte sich nicht so gehen lassen sollen. Das beschleunigt die Sache erheblich!«

»Aber Chef, Sie können ihm das nicht übelnehmen! Seine Frau war unter den Toten.«

»Nun – wir haben jedenfalls jetzt die Zähne gezeigt und müssen uns eben beeilen. Sonst noch Schwierigkeiten?«

»Kaum. Hier und da hat es während des Rückzugs kleine Geplänkel gegeben, aber ansonsten . . . Da kommen neue Berichte. Wollen Sie sie hören?«

»Nein, geben Sie mir eine Zusammenfassung durch, wenn sich die meisten Priester gemeldet haben – spätestens aber in einer Stunde. Ich unterbreche jetzt.«

Wie es sich herausstellte, hatten über 97 Prozent aller Gemeindemitglieder in den Tempeln Zuflucht gefunden. Ardmore berief eine Stabsbesprechung ein, die er über einen Monitor leitete.

»Leider sind wir zu früh aufgeschreckt worden«, sagte er. »Wie Sie wissen, hatten wir erst in zwei, drei Wochen aus eigenem Antrieb losschlagen wollen. Jetzt bleibt uns keine andere Wahl. Es gilt zu handeln, und zwar möglichst schnell!«

Er stellte das Problem zur freien Diskussion, und während man sich über ein sofortiges Vorgehen einig war, gingen die Meinungen über die Art des Angriffs auseinander. Ardmore bestimmte schließlich den Verwirrungsplan IV zur Durchführung und befahl den Beginn der Vorbereitungen.

»Denken Sie daran«, sagte er, »wenn wir erst losgeschlagen haben, ist es zu spät. Wie viele einfache Waffen stehen zur Verfügung?«

Eine ›einfache Waffe‹ war ein Ledbetter-Projektor in Form einer Pistole, der bestimmte, nur für den asiatischen Menschenschlag schädliche Strahlen abgab. Jeder Soldat konnte dieses Gerät nach kurzer Unterweisung bedienen. Das größte Problem war die Herstellung dieser Waffen gewesen. Während die Priesterstäbe höchste Präzisionsarbeit waren, mußte für die einfachen Waffen eine Art Massenproduktion in Gang gebracht werden, obwohl nur unzureichende Mittel zur Verfügung standen. Jeder Priester hatte ein Muster der einfachen Waffe zur Verfügung gestellt bekommen und es in seinen Tempel mitgenommen. Hier war es nun seine Aufgabe gewesen, eine eigene Produktion aufzuziehen. Diese Arbeiten waren in den Räumlichkeiten unter den Tempeln nun schon seit Wochen im Gange.

Ardmore nickte, als ihm der Versorgungsoffizier die Zahl der vorhandenen Waffen mitteilte. »Das sind weniger, als wir Leute zur Verfügung haben. Es sieht so aus, als müßten wir eine Auswahl treffen. In jeder Tempelgemeinde gibt es außer den Frauen eine Reihe ungeeigneter Männer, die nicht berücksichtigt zu werden braucht. In diesem Zusammenhang verweise ich auf die detaillierten Anweisungen darüber, wie jeder Priester seinen Leuten die große Neuigkeit mitzuteilen hat. Für manche ist die Tatsache, daß unsere Organisation eigentlich eine Geheimarmee ist, vielleicht nicht recht faßbar. Die meisten werden sich uns gern anschließen, aber es gibt sicher auch Hysteriker, die sich dann davonmachen wollen. Weisen Sie um Himmels willen jeden Priester noch einmal darauf hin, daß er seinen Schäfchen die Mitteilung gruppenweise macht und sich bereithält, sofort jeden, der Schwierigkeiten machen könnte, einzuschläfern. Wir können diese Leute dann einschließen, bis alles vorbei ist.

Nun zum weiteren Verlauf. Die Priester werden wahrscheinlich den ganzen Tag brauchen, um ihre Gemeinden mit der Lage vertraut zu machen und sie in etwa nach militärischen Gesichtspunkten zu organisieren. Thomas, ich möchte, daß der Spähflieger, der sich heute nacht um den königlichen Prinzen kümmern soll, zuerst hier landet und mich mitnimmt. Wilkie und Scheer sollen fliegen.«

»Gut, Sir. Aber ich hatte selbst an Bord sein wollen. Hätten Sie Einwände gegen diese Änderung?«

»Allerdings«, sagte Ardmore trocken. »Wenn Sie sich den Verwirrungsplan IV anschauen, werden Sie feststellen, daß der kommandierende Offizier die ganze Zeit in der Zitadelle zu bleiben hat. Da ich mich bereits außerhalb der Zitadelle befinde, werden Sie für mich bleiben.«

»Aber Chef . . .«

»Keine Einwände mehr – im Augenblick dürfen wir beide nicht zugleich in Gefahr kommen.«

Ardmore wurde später wieder an den Bildschirm gerufen. Der wachhabende Kommunikationsoffizier sagte: »Major Ardmore. Salt Lake City versucht Sie in einer dringenden Angelegenheit zu erreichen. Ich stelle durch.«

Das Gesicht des Priesters von Salt Lake City erschien auf dem Schirm. »Chef«, begann er. »Wir haben hier einen äußerst ungewöhnlichen Gefangenen. Er behauptet, kein PanAsiate zu sein, und tatsächlich ist er auch durch unseren Schild geschlüpft. Er will Sie sprechen! Ich weiß gar nicht, was . . .«

»Geben Sie mir den Mann.«

Wie Ardmore schon vermutet hatte, handelte es sich um Downer. Ardmore beruhigte den Priester in Salt Lake City und versicherte ihm, daß sein Schild nicht versagt hätte. »Aber nun zu Ihnen, Captain. Bitte kurz, aber detailliert.«

»Sir, ich habe mich zu diesem Bericht entschlossen, weil die Angelegenheit in Bewegung gekommen ist. Wissen Sie, wieviel Schaden Sie dem Feind bereits zugefügt haben? In der Truppe knistert es wie in einer dünnen Eisschicht. Wie haben Sie das nur geschafft?«

Ardmore beschrieb mit kurzen Worten die Ereignisse der letzten vierundzwanzig Stunden – seine Verhaftung, die Verhaftung der Priester, den allgemeinen Ausbruch, die Verhaftung der Gläubigen und die Befreiung.

Downer nickte. »Das erklärt, warum die panasiatischen Truppen stellenweise förmlich auseinanderfallen. Das zweite Bataillon des Drachenregiments in Salt Lake City ist zum Beispiel verhaftet worden. Den Gerüchten zufolge hat jeder Offizier dieser Einheit Selbstmord begangen. Wahrscheinlich handelte es sich um die Truppe, die die hiesige Gemeinde hat entkommen lassen, aber das weiß ich nicht genau.«

»Wahrscheinlich. Fahren Sie fort!«

»Ich habe selbst gesehen, wie die Männer am Morgen auf das Kasernengelände geführt wurden. Aber die Wirkung beschränkt sich nicht allein auf diese Einheit. Soweit die Garnison in Salt Lake City betroffen ist, braucht nur der hiesige Colonel die Nerven zu verlieren, und das ganze Regiment läuft auseinander. Selbstmorde sind an der Tagesordnung, Angst vor unerklärlichen Dingen breitet sich aus. Und heute ist ein Befehl des königlichen Prinzen ergangen, der den Selbstmord aus Ehrengründen verbietet – und das zeigt wirklich, wie schlimm es um unsere Freunde steht.«

»Was für eine Wirkung hat dieser Befehl?«

»Das läßt sich noch nicht sagen. Aber Sie machen sich anscheinend nicht klar, was er bedeutet. Wenn ein PanAsiate das Gesicht verliert, kann er nicht weiterleben. Er legt sehr großen Wert auf das äußere Erscheinungsbild; wir können das nicht verstehen. Und einem solchen Mann nun zu verbieten, zu seinen Vorfahren einzugehen, raubt ihm das Herz. Sie können sich darauf verlassen, daß auch der königliche Prinz Angst bekommen hat, sonst hätte er einen solchen Befehl nicht erlassen.«

»Das beruhigt mich sehr. Ehe die Nacht vorbei ist, haben wir den Schaden hoffentlich verdoppelt!«

»Ich würde die Situation an Ihrer Stelle jetzt noch vorsichtiger einschätzen. In ihrem augenblicklichen Gemütszustand sind unsere gelben Brüder viermal so gefährlich wie sonst. Beim geringsten Anstoß laufen sie vielleicht Amok und steigern sich in einen Blutrausch, den wir unbedingt vermeiden müßten.«

»Haben Sie irgendeine Empfehlung?«

»Ja. Chef. Wir müssen so schnell wie möglich zuschlagen, ehe es zu einem allgemeinen Massaker kommt. Sie haben die Burschen gehörig aufgeschreckt. Jetzt gilt es nachzufassen. Wir müssen an die Bevölkerung denken. Wenn wir jetzt nicht schnell zugreifen, haben wir bald ein Blutbad am Hals, neben dem sich der letzte Krieg wie eine Teeparty ausnimmt.

Deshalb bin ich auch in den Tempel gekommen«, fügte er hinzu. »Ich hatte keine Lust, gegen meine eigenen Leute eingesetzt zu werden.«

Downers Bericht bereitete Ardmore viel Kopfzerbrechen. Von Anfang an hatte das Schlüsselproblem in der Gefahr einer Vergeltung an der Zivilbevölkerung bestanden; um eine solche Aktion zu vermeiden, war die Lehre Motas verkündet worden. Soweit man Downer jetzt glauben konnte, war die Gefahr eines Gegenschlages aber größer denn je.

Sollte er Plan IV also stoppen und den Angriff befehlen?

Nein – das wäre einfach nicht durchführbar. Die Priester brauchten noch ein paar Stunden Zeit, und dann konnte man ebensogut auch mit Plan IV fortfahren und die PanAsiaten noch weiter aufschrecken. Wenn die Aktion erst einmal angelaufen war, hatten sie bestimmt keine Zeit mehr, Massaker zu planen.

Der kleine Spähflieger schoß aus der Dunkelheit heran und landete lautlos auf dem Tempeldach in der Hauptstadt des königlichen Prinzen. Ardmore hastete hinüber und wurde von Wilkie und Scheer in Empfang genommen. »Hallo, Chef!«

»Hallo! Pünktlich, wie ich sehe – genau Mitternacht. Sind Sie geortet worden?«

»Ich glaube nicht. Wir sind auch sehr hoch und schnell geflogen. Dieser Schwerkraftantrieb ist eine großartige Sache! Wie lauten Ihre Befehle?«

»Zum Dach des Palastes«, erwiderte Ardmore und schnallte sich fest.

Geräuschlos startete der kleine Flieger, näherte sich dem Palast und setzte sanft auf.

»Scheer, Sie setzen sich hinter den Projektor und passen auf«, sagte Ardmore. »Wilkie und ich gehen jetzt los. Wenn wir in einer halben Stunde nicht wieder hier sind, fliegen Sie zur Zitadelle zurück. Kommen Sie, Wilkie, jetzt veranstalten wir einen kleinen Hokuspokus.«

Die beiden Priester in ihren langen Roben wanderten über das Palastdach und suchten nach einer Tür. Sie konnten sich unbesorgt bewegen, da der Palast bereits von der Maschine aus mit Betäubungsstrahlen bestrichen worden war und somit kein Asiate auf den Beinen sein konnte; trotzdem hielt Ardmore seinen Stab bereit. Er wollte kein unnötiges Risiko eingehen. Als die beiden Männer schließlich einen Eingang gefunden hatten, fand sich Ardmore nicht sofort zurecht. Er fürchtete schon, einen PanAsiaten wecken und ihn nach dem Weg fragen zu müssen, als er eine Tür entdeckte, vor der mehrere Männer zusammengesunken waren. Er hatte Glück; es war das Schlafgemach des Prinzen.

Seine Durchlaucht lag im Bett; ein Buch war ihm aus den Fingern geglitten. In jeder Zimmerecke war ein Leibdiener zu Boden gesunken.

Wilkie betrachtete den Prinzen interessiert. »Das ist also seine Durchlaucht. Was jetzt, Major?«

»Sie stellen sich auf eine Seite des Bettes – ich auf die andere. Ich möchte, daß er sich zwischen uns hin und her wenden muß. Und achten Sie darauf, daß er zu Ihnen aufschaut. Ich übernehme das Reden, aber Sie müssen ab und zu eine Bemerkung einflechten – irgend etwas Priesterliches, das sich nur gut anhören muß. Meinen Sie, daß Sie das schaffen?«

»Sicher, ich habe mal Zeitungsabonnements verkauft.«

»Okay. Der Bursche ist hart im Nehmen. Wir müssen ihm Angst machen. Ich möchte, daß Sie auf mein Zeichen Ihre Druck- und Traktorstrahlen einsetzen, damit er das Gefühl bekommt, völlig eingeschnürt zu sein oder ins Leere zu stürzen. Passen Sie auf.« Und er erklärte Wilkie seine Handzeichen. Dann schaltete er die vier farbigen Lichter seines Stabes an, und Wilkie folgte seinem Beispiel.

Als der königliche Prinz PanAsiens, Großsohn des Himmels und Beherrscher des Neuen Himmlischen Westreiches, wieder zu sich kam, erblickte er in der Dunkelheit über sich zwei unheimliche Gestalten. Die größere war in weißschimmernde Stoffe gehüllt, und auch ihr Turban strahlte ein weißes Licht aus, gekrönt von einem hellen Feuerring, einem Heiligenschein. Der Stab in ihrer Linken hatte einen Würfel an der Spitze, dessen Flächen verschiedenfarbiges Licht ausstrahlten.

Die zweite Gestalt glich der ersten; ihre Kleidung schimmerte jedoch glühendrot wie Eisen auf einem Amboß. Die Gesichter der beiden Männer waren von den Lichtern unheimlich angestrahlt.

Der weißgekleidete Mann hob jetzt einen Arm und sagte drohend: »Unsere zweite Begegnung, Prinz des Unglücks!«

Der Prinz war seines Amtes würdig; Furcht kannte er nicht. Er wollte sich aufsetzen, doch eine unwiderstehliche Gewalt drückte ihn in die Kissen zurück. Er wollte etwas sagen, doch da wurde ihm die Luft aus den Lungen gesaugt.

»Schweigen, Sie, Unseliger! Gott Mota spricht durch mich. Sie werden zuhören!«

Wilkie hielt es an der Zeit, die Aufmerksamkeit des Aisaten auf sich zu lenken. »Groß ist die Macht des Gottes Mota!« sagte er.

Ardmore fuhr fort: »An Ihren Händen klebt das Blut Unschuldiger! Das muß ein Ende haben.«

»Gott Mota ist gerecht!«

»Sie haben sein Volk geknechtet. Sie haben das Land Ihrer Väter verlassen und sind mit Feuer und Schwert hierher gekommen. Sie müssen wieder gehen!«

»Gott Mota ist geduldig!«

»Aber einmal ist auch seine Geduld erschöpft«, hakte Ardmore ein. »Er ist erzürnt. Ich überbringe Ihnen seine Warnung! Richten Sie sich danach!«

»Gott Mota ist gnädig!«

»Nehmen Sie Ihr Volk und kehren Sie dorthin zurück, von wo Sie gekommen sind – sofort! Wenn Sie diesen Befehl nicht beherzigen, wird Ihnen Gott Mota den Atem nehmen!« Der Druck auf der Brust des PanAsiaten wuchs ins Unerträgliche; dem Prinzen traten die Augen aus dem Kopf, und er begann zu keuchen. »Oder er wird Sie von Ihrem hohen Thron stürzen!« Und der Prinz fühlte, wie er leicht wurde und in die Höhe schwebte; doch als er fast unter der Decke hing, stürzte er schwer wieder auf das Bett.

»Weise ist der Mann, der den Befehlen Motas gehorcht!« Wilkie wollten keine Zwischenrufe mehr einfallen.

Ardmore war auch mit seiner Vorstellung fertig. Zum Abschluß wandte er sich noch einmal dem Schachbrett zu; offenbar hatte der Prinz viel für dieses Spiel übrig. »Tun Sie, was mein Gott Mota sagt – doch nehmen Sie auch den Rat eines alten Mannes an – Männer und Frauen sind keine Figuren in einem Spiel!« Bei diesen Worten fuhr eine unsichtbare Hand über das Schachbrett und fegte die Figuren zu Boden.

Ardmore ließ das grüne Licht aufflackern, und der Prinz sank auf seinem Bett zusammen.

Ardmore seufzte. »Bin ich froh, daß das vorbei ist! Sie haben mir sehr geholfen, Wilkie. Als Schauspieler tauge ich nicht viel.« Er holte eine Packung Zigaretten unter seiner Robe hervor und bot dem anderen eine an.

»Danke, Chef«, sagte Wilkie und gab Feuer. »Ist es wirklich nötig, daß wir hier alle umbringen?«

»Wir sind im Krieg, und das ist kein Spaß!« erwiderte Ardmore scharf. »Das hier ist eine militärische Festung, die wir ausschalten müssen. Wir konnten das nicht von oben aus tun, weil der Prinz am Leben bleiben sollte.«

»Warum können wir die Burschen nicht einfach bewußtlos herumliegen lassen?«

»Sie fragen zuviel. Zu unserem Verwirrungsplan gehört es, den Prinzen im Kommando zu lassen, ihm jedoch alle Mitarbeiter zu nehmen. Das dürfte größere Verwirrung stiften, als wenn wir ihn getötet hätten und das Kommando auf seinen Vertreter übergegangen wäre. Sie wissen das genausogut.«

Sie stellten ihre Ledbetter-Projektoren auf Maximalstärke und richteten sie gegen die Wände und nach oben und unten. Die tödlichen Strahlen wirkten auf Entfernungen von mehreren hundert Metern durch Beton und Metall, Verputz und Holz. Wilkie versah seine Aufgabe mit zusammengekniffenen Lippen.

Fünf Minuten später rasten die drei Männer in ihrem Flieger auf die Zitadelle zu.

Elf andere Spähflieger waren in dieser Nacht unterwegs. In Cincinnati, in Chicago, in Dallas und in anderen wichtigen Städten, überall auf dem Kontinent tauchten sie aus der Dunkelheit auf, kämpften die panasiatischen Verteidiger nieder und landeten auf den Befehlszentralen. Kleine Trupps drangen in die Gebäude ein und entführten wichtige Persönlichkeiten – Abgesandte und hohe Militärs. Die Bewußtlosen wurden auf dem Dach des jeweiligen Ortstempels von einem bärtigen Priester in Empfang genommen.

Und dann ging es weiter zur nächsten Stadt – und zur nächsten – bis zum frühen Morgen . . .

11

Als Ardmore die Zitadelle betrat, wurde er sofort von Calhoun mit Beschlag belegt. »Major Ardmore«, sagte der Colonel und räusperte sich. »Ich habe etwas sehr Wichtiges mit Ihnen zu besprechen. Sie rechnen doch damit, daß sich die Dinge jetzt schnell ihrem Ende zuneigen?«

»Ich glaube, daß wir vorankommen, ja.« Der Colonel suchte sich auch immer den ungünstigsten Augenblick aus!

»Ich nehme an, es wird in absehbarer Zeit zu einer Entscheidung kommen. Ich habe versucht, meine Frage an Captain Thomas zu richten, der sich aber nicht sehr aufgeschlossen gezeigt hat. Ich verstehe nicht, wieso Sie ihn dazu bestimmen konnten, Sie in Ihrer Abwesenheit zu vertreten. Doch das ist jetzt nicht mehr wichtig. Ich wollte Sie aber fragen, ob Sie sich schon Gedanken über die Regierungsform gemacht haben, die unser Land annehmen wird, wenn wir die asiatischen Invasoren vertrieben haben.«

»Warum sollte ich das? Natürlich wird es eine provisorische Militärregierung geben, bis wir die geeigneten Männer zusammengesucht und eine Wahl in Gang gebracht haben . . .«

Calhoun hob die Augenbrauen. »Wollen Sie andeuten, daß Sie ernsthaft planen, das überalterte Wahlsystem wieder einzuführen?«

Ardmore starrte ihn an: »Was sonst?«

»Das ist doch offensichtlich! Uns bietet sich eine einzigartige Gelegenheit, den Dummheiten der Vergangenheit ein Ende zu bereiten und eine nach rein wissenschaftlichen Gesichtspunkten orientierte Regierung einzusetzen, angeführt von einem Mann, der nach seiner Intelligenz und seinen wissenschaftlichen Kenntnissen und nicht nach seinem Geschick im Umgang mit den Vorurteilen des Mobs ausgesucht worden ist.«

»Also eine Diktatur? Und wo sollten wir einen geeigneten Mann finden?«

Calhoun antwortete nicht, ließ sich aber anmerken, daß er schon einen Kandidaten im Auge hatte und Ardmore gar nicht lange zu suchen brauchte.

Ardmore zog es vor, Calhouns offensichtliche Dienstbereitschaft zu übersehen. »Colonel Calhoun, es mißfällt mir, Sie an Ihre Pflichten erinnern zu müssen. Wir beide sind Soldaten. Es ist nicht die Aufgabe des Militärs, sich in die Politik zu mischen. Unsere Aufgabe stützt sich allein auf die Verfassung, die nur geändert wird, wenn es das Volk so will. Bis dahin gibt es noch viel Arbeit. Ich möchte bitten, daß Sie sich Ihren Aufgaben widmen und die Befehle befolgen, Sir!«

Calhoun machte auf dem Absatz kehrt und marschierte davon.

»Die letzte Spähmaschine ist jetzt zurück, Sir.«

»Gut. Wie sieht es aus?«

»Einen Augenblick, Sir. Man muß etwa sechs Überfälle pro Flieger rechnen – das macht zusammen . . . äh . . . einundsiebzig Gefangene bei achtundsechzig Überfällen.«

»Irgendwelche Ausfälle bei uns?«

»Nein, Major. Ein Mann hat sich den Arm gebrochen. Er ist im Dunkeln eine Treppe hinuntergefallen.«

»Na, das geht ja. Wir müßten eigentlich bald die ersten Berichte über die Aussetzungen erhalten – jedenfalls aus dem Osten. Sagen Sie mir sofort Bescheid.«

»Jawohl, Sir«, bestätigte der Kommunikationsoffizier.

In achtundsechzig Städten überall im Land liefen die Vorbereitungen für die Phase 2 des Verwirrungsplanes IV auf vollen Touren. Der Priester in Oklahoma City hatte diesen Teil seiner Aufgabe zwei Helfern überlassen, die jetzt im Tempelkeller damit beschäftigt waren, dem panasiatischen Abgesandten ihrer Stadt Beinfesseln anzulegen. Die beiden Männer waren Patrick Minkowski, ein ehemaliger Taxifahrer, und John W. (Jack) Smyth, ein Kaufmann.

»Da«, sagte Minkowski jetzt. »Besser geht es nicht, ohne das Eisen warm zu machen. Wo ist die Schablone?«

»Da bei deinem Ellenbogen. Captain Isaacs hat übrigens gesagt, daß er den Mann noch zusätzlich fesseln will; da kann also nichts passieren. Übrigens kommt es mir komisch vor, unseren Priester plötzlich Captain zu nennen. Meinst du, daß wir wirklich in einer Armee sind?«

»Das ist mir egal, wenn ich nur tüchtig mitmischen kann. Was meinst du – malen wir ihm die Schablonenschrift auf den Rücken oder auf den Bauch?«

»Auf beide Seiten, würde ich sagen. Ist überhaupt komisch. Da ist man in einem Tempel und erfährt plötzlich, daß das Ganze eine militärische Organisation ist, und du wirst vereidigt.«

»Mir gefällt's«, sagte Minkowski. »Sergeant Minkowski – das klingt gut. Und in die Kirche bin ich doch nur wegen des Essens gegangen.« Er entfernte die Schablone und begann die Umrisse des Schriftzeichens schwarz auszufüllen. »Möchte wissen, was das heißt.«

»Weißt du's nicht?« fragte Smyth und sagte es ihm.

Minkowski lachte schallend. »Na, das soll mir mal jemand ins Gesicht sagen! Stimmt das wirklich?«

»Ja, ich war im Kommunikationsraum, als die Meldung vom Zentraltempel – ich meine: vom Hauptquartier durchkam. Was machen wir nun mit der restlichen Farbe?«

Die beiden Männer fanden sehr schnell Verwendung dafür. Captain Isaacs mußte ein Lächeln unterdrücken, als er anschließend die Arbeit inspizierte. »Wie ich sehe, haben Sie Ihre Befehle etwas erweitert«, sagte er.

»Wir hatten noch soviel Farbe. Und er sah so nackt aus.«

»Darüber kann man sich streiten. Ich finde, er sieht jetzt noch nackter aus. Aber das soll uns egal sein. Beeilen Sie sich und rasieren Sie ihm den Kopf. Wir müssen gleich los!«

Fünf Minuten später warteten Minkowski und Smyth am Tempeleingang. Der königliche Abgesandte lag, in einen Teppich gerollt, zwischen ihnen auf dem Boden. In diesem Augenblick stoppte kreischend ein Caravan vor dem Tempel, und Captain Isaacs winkte herüber. Minkowski trat seine Zigarette aus, dann schleppten beide die schwere Teppichrolle zum Wagen.

Minkowski übernahm das Steuer, während Isaacs und Smyth hinten Platz nahmen. »Suchen Sie eine Stelle in der Stadt, wo viele PanAsiaten sind, und wenn auch Amerikaner die Sache sehen – um so besser. Fahren Sie schnell. Wenn wir Schwierigkeiten bekommen, helfe ich mit dem Stab aus.«

»Gut!« Der Wagen setzte sich mit einem Ruck in Bewegung und raste über eine Straßenkreuzung, an der ein panasiatischer Polizist stand.

Sekunden später fragte Minkowski: »Wie wär's mit dem Rathausplatz da vorn? Da herrscht viel Trubel.«

»Okay.« Captain Isaacs beugte sich über die reglose Gestalt und machte sich an seinem Stab zu schaffen. Sofort begann sich der Asiate zu bewegen. Smyth setzte sich auf ihn und drückte seine Arme zusammen.

»Sagen Sie Bescheid, Minkowski – wir können dann sofort loslegen.«

Der Wagen wurde abrupt gestoppt. Smyth schlug die rückwärtige Tür auf; dann packte er zusammen mit Isaacs die Ecken des Teppichs und rollte den panasiatischen Abgesandten, der jetzt wieder bei vollem Bewußtsein war, auf den Bürgersteig. »Los geht's, Pat!«

Und der Wagen raste davon.

Gegen neun Uhr morgens war auch der letzte panasiatische Gefangene gesund wieder ausgesetzt worden – aber in einem Zustand, der eine nicht wiedergutzumachende Schande darstellte. Diese Phase des Planes war ausgeführt worden, ohne daß die Priester Motas direkt in Erscheinung traten; so war diese in der Nacht hereingebrochene Katastrophe für die PanAsiaten noch rätselhafter.

»Sie haben den Beginn der Phase 3 noch nicht bekanntgegeben, Major«, sagte Thomas, als auch der letzte Bericht eingetroffen war.

»Ich weiß – in spätestens zwei Stunden ist es soweit. Aber wir müssen den Burschen Zeit lassen zu merken, daß ihre Führer überall im Lande öffentlich gedemütigt worden sind. Diese Feststellung und die Tatsache, daß wir das panasiatische Hauptquartier praktisch außer Gefecht gesetzt haben, dürfte eine Massenhysterie hervorrufen. Ist Downer an der Arbeit? Verbinden Sie mich mal mit ihm.«

Gleich darauf erschienen Downers pseudo-asiatische Gesichtszüge auf dem Bildschirm.

»Haben Sie schon etwas festgestellt?« fragte Ardmore.

Downer legte den Kopfhörer ab und erwiderte: »O ja! Überall herrscht große Aufregung. Ich lasse meine Übersetzung aufnehmen. Hören Sie mal mit. Zum Beispiel versucht sich San Francisco gerade mit dem Palast in Verbindung zu setzen . . . der dortige Abgesandte soll tot sein. Man möchte eine Vollmacht . . . Moment, jetzt wechseln sie die Frequenz und benutzen das Signal des königlichen Prinzen, aber auf der falschen Frequenz. Versuchen wir eine andere Wellenlänge. Das kann ich nicht verstehen – hallo, Chef, das ist interessant! Jemand sagt da, daß der Abgesandte für die Golfprovinzen den Verstand verloren hat, und es wird um Erlaubnis gebeten, ihn zu ersetzen. Ein anderer will wissen, was im Palast los ist. Er möchte einen Aufstand melden . . .«

Ardmore schaltete sich ein. »Wo?«

»Habe ich nicht verstanden. Auf den meisten Frequenzen herrscht ein fürchterliches Durcheinander.«

Ardmore hörte in Gesellschaft Thomas' und Dr. Brooks' noch etwa eine Stunde zu, während Downer übersetzte. Mit der Zeit wurde deutlich, daß die Sabotage des Hauptquartiers und die psychologisch wirkungsvolle Demütigung der Führungspersönlichkeiten die normalerweise gut funktionierende panasiatische Regierungsorganisation völlig durcheinandergebracht hatten. Schließlich sagte Downer: »Da ergeht ein allgemeiner Befehl . . . Moment . . . ja ein Kodierbefehl für den gesamten Funkverkehr.«

Ardmore wandte sich an Thomas. »Das wäre wohl der richtige Augenblick, Jeff. Da ist jemand, der die Burschen wieder in den Griff bekommen will – wahrscheinlich unser lieber Freund, der Prinz.« Er ließ sich mit der Kommunikationszentrale verbinden. »Okay, Steeves«, sagte er. »Geben Sie Saft drauf!«

»Alle Frequenzen blockieren!«

»Sagen Sie den Tempeln über Rundschaltung A Bescheid, damit wir alle gleichzeitig loslegen!«

»Alles bereit.«

»Na dann los!«

Wilkie hatte ein einfaches kleines Gerät entwickelt, mit dem die gewaltige Energie der Tempelprojektoren auf die elektromagnetischen Strahlungen in den Funkfrequenzen ausgerichtet werden konnte. Jetzt begann diese Störaktion mit voller Energie.

Downer riß sich den Kopfhörer vom Ohr. »Verdammt! Warum hat mir niemand Bescheid gesagt?« Vorsichtig lauschte er noch einmal in den Hörer. »Tot«, sagte er. »Ich möchte wetten, daß jetzt jeder Empfänger im Lande durchgebrannt ist.«

»Wie lange noch, Chef?« fragte Thomas.

»Nicht mehr lange. Wir haben die Burschen eine Zeitlang reden lassen, damit sie sich gegenseitig sagen konnten, daß überall im Lande Schlimmes im Gange ist. Jetzt haben wir sie voneinander abgeschnitten. Es dürfte etwa eine Stunde dauern, bis die Panik richtig losgebrochen ist und jeden PanAsiaten erfaßt hat. Dann geht's los!«

Dr. Brooks sagte nervös: »Es wird eine große Erleichterung sein, diese Sache ein und für allemal geregelt zu haben. Der Kampf ist doch manchmal sehr anstrengend gewesen . . .« Er verstummte.

Ardmore wandte sich zu ihm um. »Glauben Sie nur nicht, daß sich die Angelegenheit ›ein für allemal‹ regeln läßt.«

»Aber wieso denn . . .? Wenn wir die PanAsiaten entscheidend schlagen . . .«

»Das ist ja eben der Fehler, der in der Geschichte immer wieder gemacht worden ist. Friedensverträge, Trennungsgesetze, Verteidigungslinien – all das hat noch nie etwas genützt. Das Leben ist ein dynamischer Prozeß und geht weiter. Der Satz ›und sie lebten in Glück und Frieden bis an ihr Lebensende‹ ist eben leider nur ein Märchenschluß und . . .« Das Läuten einer Glocke unterbrach ihn. Das erregte Gesicht des wachhabenden Offiziers erschien auf dem Visiphonschirm. »Major Ardmore! Colonel Calhoun ist verrückt geworden!«

»Ruhig, Mann! Was ist passiert?«

»Er hat mich niedergeschlagen und ist in den Tempel hoch. Er hält sich für den Gott Mota!«

Ardmore rief: »Geben Sie mir die Kontrollstelle im Altar, schnell!«

Aber als das Bild gewechselt hatte, war nicht der Tempelmechaniker zu sehen: Colonel Calhoun beugte sich über die Konsole. Ardmore unterbrach die Verbindung sofort wieder und stürzte zur Tür, dichtauf gefolgt von Thomas und Brooks.

Die drei drängten sich im Schwerkraftfahrstuhl zusammen, der sie mit Höchstgeschwindigkeit in den Tempel brachte. In hundert Metern Entfernung erhob sich der große Altar.

»Stehenbleiben!«

Brooks flüsterte: »Er hat den schweren Projektor auf uns gerichtet, Major.«

»Das sehe ich«, erwiderte Ardmore leise und räusperte sich. »Colonel Calhoun?«

»Ich bin der große Gott Mota!«

»Ja, natürlich, Gott Mota. Aber sagen Sie Ihrem Diener, ist Colonel Calhoun nicht zuweilen eine Ihrer Erscheinungsformen?«

Calhoun dachte darüber nach. »Ja, das stimmt.«

»Dann möchte ich mit Colonel Calhoun sprechen.« Ardmore trat einige Schritte vor.

»Stehenbleiben!« Calhoun krümmte sich über dem Projektor. »Meine Blitze sind auf weiße Menschen eingestellt – also Vorsicht!«

»Als ob ich das nicht wüßte«, flüsterte Ardmore vor sich hin und nahm das Wortgefecht wieder auf. Doch Calhoun achtete nicht mehr auf ihn. Er wandte sich plötzlich zur Seite, schwang den schweren Projektor herum und feuerte. Fast sofort hob er den Kopf, schien die Kontrollen zu korrigieren und drückte wieder auf die Feuerknöpfe. Im gleichen Augenblick wurde er von einem schweren Körper getroffen und verschwand hinter dem Altar.

Auf der Altarplattform wand sich Calhoun im Griff eines kurzen, stämmigen Mannes – Frank Mitsui. Franks Muskeln waren erstarrt, seine Augen leblos.

Vier Männer waren nötig, um Calhoun in eine improvisierte Zwangsjacke zu stecken und ihn in die Krankenstation zu bringen. Thomas blickte nachdenklich auf die Szene des Zwischenfalls. »Wie ich es sehe, hatte Dr. Calhoun den Projektor so eingestellt, daß er nur für Weiße tödlich war. Der erste Schuß schadete

Frank Mitsui also nicht, so daß Calhoun den Projektor umstellen mußte. Und das war unsere Rettung.«

Leider nicht auch Franks Rettung.

Aber es blieb keine Zeit, über Frank Mitsuis tragisches Ende nachzudenken; der Kampf ging weiter. Der Leiter des Führungsstabes, Kendig, informierte Ardmore über die neuesten Ereignisse.

»Der Versuch wurde unternommen, den Tempel in Nashville mit einer Atombombe zu zerstören. Das hat nicht geklappt, dafür liegt der ganze südliche Stadtbezirk in Schutt und Asche. Haben Sie schon die Stunde X bestimmt? Ich habe mehrere Anfragen vorliegen.«

»Ich gebe jetzt die letzten Anweisungen. Rundschaltung A, bitte.«

Ardmore räusperte sich. Er war plötzlich nervös. »Es geht in genau zwanzig Minuten los, meine Herren«, sagte er schließlich. »Ich möchte noch einmal die wichtigsten Punkte unseres Plans mit Ihnen durchgehen.« Er ging auf alle Einzelheiten kurz ein; die zwölf Spähmaschinen wurden zu den zwölf Städten mit den größten Garnisonen delegiert. Sie sollten sich mit einer Ausnahme in der Stratosphäre über ihren Angriffszielen aufhalten und ihre schweren Projektoren dazu benutzen, wichtige militärische Ziele am Boden zu vernichten. Die Priester sollten sie bei dieser Aufgabe vom Boden her unterstützen, ebenso wie die Tempelprojektoren. Die ›Truppen‹ der Tempelgemeinden sollten als Heckenschützen arbeiten und in der Stadt aufräumen. »Sagen Sie den Leuten, daß sie im Zweifelsfall erst schießen und dann fragen müssen. Sie sollen nicht zu lange warten. Mit den einfachen Projektoren kann man mehrere tausendmal schießen, und Weiße sind völlig ungefährdet. Auch sollen sich die Leute nicht über Dinge wundern, die sie nicht verstehen – wir sind eben auf Wunder spezialisiert. Das ist alles – Waidmannsheil!«

Seine letzte Warnung bezog sich auf eine Sonderaufgabe, die Wilkie, Graham, Scheer und Downer übernommen hatten. Wilkie hatte sich wieder einmal etwas einfallen lassen. Er wußte noch nicht, ob es überhaupt klappen würde, aber Ardmore hatte den vier Männern eine Spähmaschine überlassen.

Während Ardmore den Plan noch einmal zusammenfaßte, hatte ihn sein Garderobier angekleidet. Er rückte jetzt seinen Turban zurecht, prüfte die Parafunk-Verbindung zur Zentrale und wandte sich zum Gehen. In der Tür drehte er sich noch einmal um. »Am liebsten würden Sie an meiner Stelle gehen, nicht wahr, Jeff?«

Thomas schwieg. Ardmore fuhr fort: »Ja, ich bin ein Schmarotzer. Ich weiß das. Aber von uns kann nur einer auf die Party gehen – und das bin ich.«

»Sie interpretieren mich falsch – mir liegt das Töten nicht.«

»Mir auch nicht, mein Lieber. Trotzdem gehe ich jetzt los und sehe zu, daß ich Mitsuis Rechnung irgendwie begleiche.«

Thomas gab den Aktionsbefehl, ehe Ardmore die panasiatische Hauptstadt erreichte. Der Pilot setzte ihn auf dem Dach des Ortstempels ab, nachdem die Kämpfe in der Stadt begonnen hatten, und ließ seine Maschine davonrasen, um seinen Einsatzort aufzusuchen.

Ardmore sah sich um. In unmittelbarer Nähe des Tempels war es relativ ruhig; dafür sorgte der große Tempelprojektor. Ardmore stieg in den Tempel hinab.

Das Gebäude schien völlig verlassen. Ein Mann stand neben einem Wagen, der im großen Tempelsaal geparkt war. »Sergeant Bryan, Sir, zur Stelle. Der Priester . . . ich meine Leutnant Rogers hat mir befohlen, hier auf Sie zu warten.«

»Gut, dann los.« Er stieg in den Wagen. Bryan pfiff auf den Fingern.

Ein Mann steckte den Kopf über den Altar, nickte und verschwand wieder. Im nächsten Augenblick schwang das große Tempelportal auf. Bryan setzte sich hinter das Steuer und fragte: »Wohin, Sir?«

»Wo am meisten gekämpft wird – und wo die meisten PanAsiaten sind.«

»Das ist wohl dasselbe.« Der Wagen rumpelte die breiten Tempelstufen hinab, bog nach rechts ein und wurde beschleunigt.

Nach einigen hundert Metern gabelte sich die Straße. Vier oder fünf Gestalten duckten sich hinter die Büsche auf der Verkehrsinsel. Ardmore hörte das scharfe *Ping!* eines Vortexgewehrs, und eine der Gestalten zuckte zusammen und sank zu Boden.

»Da drüben im Bürogebäude!« brüllte ihm Bryan ins Ohr.

Ardmore stellte seinen Stab ein und richtete die Ledbetter-Strahlen auf das Gebäude. Das Schießen hörte sofort auf. Im gleichen Augenblick raste ein Asiate aus einer Tür, die er noch nicht bestrichen hatte, und lief die Straße entlang. Ardmore hantierte an seinen Kontrollen und schoß diesmal mit einem dünnen schimmernden Lichtstrahl. Das Licht berührte den Fliehenden, ein dumpfes Geräusch ertönte, und der Mann verschwand. Wo er eben noch gewesen war, schwebte eine große, ölige Wolke, die schnell anwuchs und sich auflöste.

»Himmel Herrgott! Was war denn das?« fragte Bryan.

»Eine kolloidale Explosion. Ich habe die Oberflächenspannung der Körperzellen freigesetzt – und der Druck in seinen Zellen hat ihn zerplatzen lassen. Da kommt ein Druck von mehreren hundert Pfund zustande.«

Auf den nächsten hundert Metern ereignete sich nichts. Ardmore holte sich aus der Zentrale die Versicherung, daß noch keine Berichte vorlägen, und wandte seine Aufmerksamkeit wieder der Straße zu. Ehe er merkte, wohin ihn der Sergeant brachte, kamen sie schon ins Freie. Sie hatten das Gelände der Staatsuniversität erreicht, das von den PanAsiaten als Kaserne benutzt wurde. Die Sportplätze waren in einen Flughafen umgewandelt worden.

Hier machte sich Ardmore zum erstenmal klar, wie sehr die PanAsiaten in der Übermacht waren. Die Front der amerikanischen Kämpfer wirkte sehr dünn, und obwohl sie ihren Gegnern schwere Verluste beibrachten, genügte doch die Masse der Soldaten auf der anderen Seite, sie völlig einzuschließen. Verdammt, warum hatte der Spähflieger diese Garnison nicht bestrichen? War etwas geschehen?

Vielleicht hätte er doch seinen ursprünglichen Plan durchführen lassen und das Land Stadt für Stadt zurückerobern sollen. Die erzwungene Funkstille hätte das vielleicht möglich gemacht. Aber dazu war es jetzt zu spät; der Kampf hatte begonnen und mußte ausgefochten werden.

Er setzte seinen Stab ein und richtete in den Reihen der Asiaten schwere Verwüstungen an. Dann entschloß er sich zu einer Änderung seiner Taktik. Mit den kolloidalen Explosionen kam er zwar langsamer voran, aber die psychologische Wirkung war dafür um so größer.

In den nächsten Momenten explodierten mehrere Asiaten auf geheimnisvolle Weise.

Das war zuviel für die Orientalen. Sie waren mutige und ausgebildete Soldaten – aber sie konnten nicht gegen etwas kämpfen, das sie nicht verstanden. Ihre Reihen lösten sich auf, und sie begannen in die Kaserne zurückzurennen. Die Amerikaner setzten sofort schreiend nach.

Ardmore nahm wieder Verbindung mit dem Hauptquartier auf. »Bitte Rundschaltung A!«

Nach wenigen Sekunden wurde ihm die Schaltung bestätigt.

»An alle Offiziere! Setzen Sie so oft wie möglich die organische Explosion ein! Ich habe außerordentliche psychologische Erfolge damit erzielt!« Er wiederholte die Nachricht und gab die Schaltung frei.

Dann befahl er Bryan, näher an das Gebäude heranzufahren. Im gleichen Augenblick ertönte eine gewaltige Explosion, die das Fahrzeug von den Rädern hob. Ardmore klammerte sich fest, schüttelte den Kopf und stieg aus. Er sah, daß Bryan über dem Steuerrad zusammengesunken war. »Verletzt?«

»Nicht weiter schlimm. Ich glaube, das Schlüsselbein ist gebrochen.«

»Am besten bleiben Sie hier sitzen. Ich muß weiter und lasse Sie abholen. Sie haben Ihre Waffe? Gut.«

Er warf einen Blick auf den Bombenkrater und marschierte davon.

Einige Dutzend Amerikaner bewegten sich vorsichtig zwischen den Gebäuden, über denen jetzt ein panasiatisches Flugzeug erschien. Es begann Gasbomben abzuwerfen. Die Verteidiger riskierten sogar das Leben der eigenen Leute, um ein paar Amerikaner auszuschalten! Die gelbe Gaswolke senkte sich langsam über das Gelände. Ardmore machte sich klar, daß hier eine echte Gefahr auf ihn zukam. Gegen Gas half sein Schutzschild nicht, denn es mußte luftdurchlässig sein, damit er atmen konnte.

Fast instinktiv richtete er seinen Stab auf das Flugzeug, während er fieberhaft nach einem Ausweg suchte. Vielleicht konnte er den Atem anhalten und hindurchlaufen. Oder ließ sich die Wolke umgehen? Nein, das war unmöglich!

Endlich fand sein Unterbewußtsein die einzige denkbare Lösung – Umwandlung! In Sekundenbruchteilen hatte er seinen Stab auf breite Fächerung gestellt und blies ein Loch in die gefährliche Wolke. Er bewegte seine Strahlen hin und her, und die tödlichen Gaspartikel verwandelten sich in lebenspendenden Sauerstoff.

»Jeff?«

»Ja, Chef?«

»Haben wir irgendwo Schwierigkeiten mit Gas?«

»Ja. Zum Beispiel in . . .«

»Egal. Geben Sie über Rundschaltung A durch, daß der Stab auf Umwandlung zu stellen ist, und zwar . . .« In aller Eile gab er eine genaue Beschreibung.

In Ardmores Nähe war es jetzt ruhig geworden; das Schwergewicht des Kampfes hatte sich verlagert, während er das Gas unschädlich machte. Er sah sich nach einem Beförderungsmittel um, denn er wollte die Kampfhandlungen auch in den anderen Stadtteilen verfolgen. Die Schlacht war zu sehr verzettelt. Aber das ließ sich nicht ändern.

»Chef?« fragte Thomas.

»Ja, Jeff?«

»Wilkie kommt Sie jetzt holen.«

»Gut, hat es geklappt?«

»Ja, aber warten Sie nur ab! Ich habe eine Übertragung aus Kansas City mitbekommen – einfach toll!«

»Okay.« Ardmore setzte seine Suche nach einem Wagen fort. Er wollte in der Nähe von PanAsiaten sein, wenn Wilkie eintraf. Schließlich nahm er einen dreirädrigen Karren, der verlassen am Straßenrand stand, in Besitz.

Wie er feststellte, gab es noch genügend PanAsiaten in der Nähe des Palastes, wo der Kampf für die Amerikaner nicht allzu gut stand. Ardmore griff mit seinem Stab in die Auseinandersetzung ein und war gerade mitten im Gefecht, als Wilkie seine Show begann.

Eine gigantische Menschengestalt von dreihundert Metern Größe marschierte über die Gebäude heran. Ihre Füße füllten die Straßen. Es war, als hätte sich das Empire-State-Gebäude losgerissen: das unglaubliche dreidimensionale Abbild eines Priesters von Mota mit Robe und Stab.

Und die Gestalt konnte sprechen – sie hatte eine donnernde Stimme, die kilometerweit zu hören war. »Amerikaner! Erhebt euch! Eure Stunde ist da! Die Jünger sind gekommen! Erhebt euch und vernichtet die Herren!«

Ardmore fragte sich, wie die Männer im Spähflieger den Lärm überhaupt aushielten, und ob sie wohl in der Projektion flogen oder darüber.

Die Stimme wechselte in die panasiatische Sprache über. Ardmore verstand die Worte nicht, kannte aber den Inhalt der Rede. Downer sagte den PanAsiaten, daß der Augenblick der Rache gekommen wäre und daß die PanAsiaten fliehen müßten, wenn sie mit dem Leben davonkommen wollten.

Die unglaubliche Gestalt verhielt im Park vor dem Palast, bückte sich und berührte mit gewaltigen Fingern einen rennenden Asiaten. Der Mann explodierte und verschwand. Der Riese richtete sich wieder auf und sprach auf PanAsiatisch weiter – doch es waren keine PanAsiaten mehr zu sehen.

Die Kämpfe gingen sporadisch noch stundenlang weiter, aber am Ergebnis des Kampfes konnte kein Zweifel mehr bestehen. Ardmore ließ sich gerade von Thomas zusammenfassend berichten, als der Kommunikationsoffizier dazwischentrat. »Ein dringender Anruf vom Priester in der Hauptstadt, Sir.«

»Stellen Sie ihn durch.«

Eine neue Stimme fragte: »Major Ardmore . . .?«

»Ja. Sprechen Sie.«

»Wir haben den königlichen Prinzen gefangengenommen . . .«

»Was Sie nicht sagen!«

»Jawohl, Sir! Wir erbitten Ihre Erlaubnis, den Mann hinrichten zu dürfen.«

»Nein!«

»Was haben Sie gesagt, Sir?«

»Nein! Sie haben mich verstanden. Bringen Sie den Mann sofort herüber. Ich will mit ihm sprechen! Sorgen Sie dafür, daß ihm nichts passiert!«

Ardmore nahm sich die Zeit, seinen Bart abzurasieren und seine Uniform anzuziehen, ehe er den Prinzen hereinführen ließ. Als der panasiatische Herrscher schließlich vor ihm stand, sah er auf und sagte: »Soweit ich Ihre Leute retten kann, bringen wir sie auf Schiffen in Ihr Land zurück.«

»Sie sind großzügig.«

»Ich nehme an, Sie ahnen bereits, daß Sie von einer Wissenschaft hereingelegt worden sind, der Sie nichts Gleichwertiges entgegenzusetzen hatten. Sie hätten uns noch fast bis zum letzten Augenblick schlagen können.«

Der Orientale schwieg. Ardmore hoffte, daß diese Ruhe nur äußerlich war. Er fuhr fort: »Was ich über Ihre Leute sagte, gilt natürlich nicht für Sie. Sie werde ich als gewöhnlichen Verbrecher behandeln.«

Der Prinz hob die Augenbrauen. »Weil ich Krieg gemacht habe?«

»Nein, wegen der Massenmorde, die Sie auf dem Gebiet der Vereinigten Staaten angeordnet haben. Sie werden wie ein gewöhnlicher Verbrecher vor ein Gericht gestellt und – wie ich vermuten möchte – am Hals aufgehängt, bis der Tod eintritt. Das ist alles. Bringen Sie ihn fort!«

»Einen Augenblick noch.«

»Was ist?«

»Sie erinnern sich an das Schachproblem, das Sie in meinem Palast lösten?«

»Was ist damit?«

»Könnten Sie mir die Vier-Zug-Lösung sagen?«

»Oh, das«, sagte Ardmore und lachte aus vollem Halse. »Sie glauben aber auch wirklich alles, wie? Ich hatte überhaupt keine Lösung; das war nur ein Bluff!«

Einen Sekundenbruchteil lang wurde deutlich, daß die Selbstbeherrschung des Prinzen doch einen Knacks bekommen hatte.

Er kam nicht vor ein Gericht. Am nächsten Morgen wurde er tot aufgefunden; sein Kopf ruhte auf dem Schachbrett, um das er gebeten hatte.